Liam

La manada de los

Ángeles Guardianes

Tomo 5

Virginie T.

Traducido por Cristina Morillo Berral

Prólogo

Finn, alfa de los Tank

La fatel sigue viva. Prometí que no la mataría mientras estuviera tranquila, y mantuve mi palabra. Aparte de algunas mordeduras, pues es difícil resistirse a una sangre tan deliciosa, la dejé en paz. Por fin hemos logrado la consagración de mi reino de alfa. Por fin voy a conseguir la fatel maleable y dócil que anhelo desde hace tanto tiempo. Este bebé será la fuente de mi poder. Una chica, además. Más fácil de manipular. Mi plan es perfecto, sin fallos.

La fatel que acaba de dar a luz tiende los brazos para que yo le dé a la niña. ¡Qué tontería! Este bebé es mío. Slave me pertenece. Llora cuando le doy a entender que esta niña es de mi propiedad. Me exaspera. Estoy a punto de salir de la habitación cuando comienza a gritar de nuevo. ¡¿Cómo es posible hacer tanto ruido?! ¿Intenta atraer a todos los animorfos de la zona para que vengan en su ayuda? ¡Ni en sueños! Nadie se atreverá a desafiarme. Hice picadillo a mi predecesor. Entre los metamorfos, prevalece la ley del más fuerte, y el más fuerte de los Tank soy yo.

—Alfa, hay otro bebé.

—¿Qué?

¿Dos bebés? La hembra Tank saca a otro ser que patalea de las entrañas de la fatel.

—Otra niña. Son unas gemelas perfectas.

¿Gemelas? Estaría tentado de quedarme con las dos. Dos fatels, es el doble de poder. No obstante, los gemelos animorfos tienen una conexión muy especial, una lealtad incondicional entre ellos. Esto puede ser de un arma de doble filo. Estoy demasiado cerca del objetivo para arriesgarme a arruinar mi plan. Reflexiono unos instantes mientras cojo ese segundo pozo de poder. Tengo una idea. Están ligadas por la sangre. ¿Por qué no entregárselo a alguien que esté ligado a mí por la sangre? Una forma de cerrar el círculo y asegurarme el apoyo de una manada en cualquier circunstancia. Saco mi móvil después de haber devuelto los bebés a la que me ha ayudado a traerlos al mundo.

—Hola, primo. ¿Sigues queriendo ser alfa?

—¡Por supuesto! ¿Estás ya listo para contarme tu secreto?

—Haré algo mejor que eso. Te daré parte de la solución.

Pulimos los últimos detalles y salgo de la habitación con mis dos paquetes: Slave y Blood.

Capítulo 1

Blood

Por fin un poco de calma. Voy a poder aislarme un poco con Lili, como llevo soñando desde hace días.

— ¡Has vuelto!

Salta a mis brazos y le doy vueltas en el aire como a ella tanto le gusta.

— Sí. Hoy, soy toda tuya.
— ¿De verdad?

Sus ojos brillan con deseo. Llevamos tanto sin dedicar tiempo para nosotras. Ella no debería tener esta vida. No debería tener la misma infancia que yo. ¿Qué estoy diciendo? ¿Infancia? No, no hay lugar para la infancia en esta manada. Ahora que lo pienso, tampoco hay espacio para las personas como nosotras. Durante mucho tiempo he esperado, he tenido la esperanza de que alguien, cualquiera, viniera en mi ayuda. Siempre supe que yo era diferente. Fletcher nunca me lo ocultó. Al contrario, me echaba en cara mi naturaleza fatel como si fuese un insulto. En realidad, me teme. Me ha temido desde que tenía seis años, desde que mi poder se reveló y estuvo a punto de perder la vida cuando le congelé la sangre en las venas. Siguieron años de sufrimiento y humillación.

— ¿En qué piensas?

Lili me mira con su carita de muñeca y una mirada inocente. Daría todo lo que tengo por ella. Sería capaz de poner el mundo a fuego y sangre para mantenerla a salvo, incluso si eso significa perder mi alma. Probablemente, ya la perdía hace mucho tiempo. Fletcher se aseguró de ello. Matar y mutilar gente en nombre de los Féroce me ha convertido en una paria, un corazón de sangre que arderá en el infierno. Mientras no meta a Lili en esto, me conviene.

— Estaba pensando en lo que podríamos hacer hoy.
— ¿Podemos jugar afuera? Hay mucho sol.

Con una sonrisa incierta en sus labios, levanta sus ojitos suplicantes para mirarme. Odio llevarla afuera. No puedo evitarlo, es visceral. Hago todo lo que puedo para ocultarla de los metamorfos de la manada. Las hienas son astutas. No me gustaría que ninguna de ellas se apoderara de mi hija. El alfa tiene otros planes para Lili, lo sé y siempre lo he sabido, desde el día en que nació. Simplemente, al guardarme celosamente para su propio placer, ha causado descontento en sus propias filas. Algunos miembros ya han intentado derrocarlo, pero al ser el único que bebe mi sangre, es casi invencible. Nadie se ha atrevido a desafiarlo desde hace años.

— Por favor.
— Vale, vale.

¿Cómo voy a resistirme a esta dulzura?

Llega a la puerta mucho antes que yo. Da saltos de alegría. No puedo evitar sonreír ante su entusiasmo. ¡Es tan adorable! Mi buen humor se desvanece un poco al ver el paisaje que se nos ofrece. El patio de recreo para mi hija no es más que una prisión. Nuestra casita está rodeada por una enorme valla con alambre de púas. Nadie puede marcharse sin el permiso de Fletcher. La ventaja es que nadie puede entrar sin su permiso. Y nunca lo da. Mis escoltas se quedan fuera del recinto, siempre. Mi hija está a salvo mientras yo sea obediente. Nunca le daré al alfa una razón para atacar la carne de mi carne.

— ¡Mamá, hazme un tobogán!

Lili tiene muy pocos juguetes. Hace mucho que comprendió que su vida era especial. Le he enseñado lo mínimo para su supervivencia. Por lo demás, vamos día a día. Para ser honestos, mi hija tiene una capacidad de adaptación extraordinaria.

Así que hago todo lo que puedo para que esté feliz. ¿Quiere un tobogán? Pues tendrá un tobogán. Me concentro un segundo para bajar un poco la temperatura en la zona designada. Poco a poco, el hielo sale del suelo para tomar la forma de un tobogán liso y brillante. Termino el trabajo creando cuatro pequeños escalones para que Lili pueda subir a lo alto. Ahora, mi hija ya no bota como un canguro, sino que da saltitos y aplaude.

— ¡¡Yupi!! Gracias, mamá. Es perfecto. ¿Puedo ir?

Me río por su candor.

— Por supuesto. Venga, cariño.

Me gusta verla jugar. Tengo la sensación de que vivo una vida de madre normal cuando estamos juntas. Desearía poder ofrecerle un futuro lleno de alegría y despreocupación. Sin embargo, no sé si eso será posible. La fecha fatídica se acerca a pasos agigantados. Haría cualquier cosa para mantenerla a salvo. Aun así, no hay nada que pueda hacer si Fletcher decide quitármela. Mi suerte es que quiere que la entrene. ¡Que tontería! Por lo que tengo entendido, los niños no tienen necesariamente el mismo poder que sus padres. Yo misma aprendí practicando sola. Todo lo que puedo hacer es decirle a Lili que se controle lo mejor que pueda. De eso se trata. No debe matar a animorfos por un sobresalto o un ataque de ira o será ejecutada sin previo aviso. No puedo perderla. No soportaría perder a otro hijo. Aprieto los puños hasta que las falanges se vuelven blanquecinas al recordarlo. Fletcher, con su sonrisa de fachada que encierra una parte diabólica, me había mirado directamente a los ojos, retándome a hacer algo. Mi corazón aún sangra por esta pérdida. Mi única satisfacción es que nunca más tuvo la oportunidad de hacerme tanto daño. No volveré a permitir que tenga tal influencia sobre mí.

— ¡Mamá, para, estás sangrando!

Parpadeo varias veces para volver al momento presente. Lili está justo delante de mí, preocupada.

— ¿Qué, cariño?
— Tienes sangre en la mano.

Maldita sea. He debido atravesar la piel con las uñas. Sin embargo, cuando abro el puño, no son cuatro pequeñas heridas las que descubro en la palma de mi mano, sino un profundo corte que atraviesa todo el interior de mi mano en una línea recta continua.

— ¿Qué te pasa, mamá?

El estrés de Lili se dispara. De sus hermosos océanos azules brotan pequeñas lágrimas. El problema es que, al mismo tiempo, le crecen unas pequeñas y afiladas garras en la punta de los dedos.

Tengo que tranquilizarla para que no ocurra nada desagradable.

— Tranquila, Lili. Todo va bien. No es más que un corte.

Un corte cuya procedencia desconozco. No obstante, no es el momento de pensar en ello. Lo importante es el sufrimiento de Lili. Los sentimientos fuertes son peligrosos para una fatel. Sobre todo, para una fatel que vive con una manada de metamorfos. Dirijo apresuradamente mi poder al dedo índice de mi mano izquierda y lo paso con delicadeza sobre la herida de mi mano derecha. De inmediato, una fina capa de escarcha cierra la herida, lo que detiene la sangre que se escapaba.

— Mira, Lili.

Le muestro la palma curada.

— ¿Ves? Ya no hay nada.

Se limpia los ojos con el reverso de la manga.

— ¿Quieres un beso mágico?
— Me encantaría un beso mágico. Pero cuidado, ya sabes que estará frío.

Coloca sus labios con delicadeza sobre mi pupa para darle un beso.

— Ya está. Ya no te duele.

— Tienes razón. ¡Mi mano está como nueva!

— Estaba frío, como cuando comes un helado.

— ¿Me estás diciendo que tienes hambre?

— Síííííí. Pero solo para un helado pequeñito.

Me río a carcajadas a pesar de estar preocupada. Mi hija debe mantener su espíritu infantil el mayor tiempo posible. Pronto aprenderá que la vida de una fatel está lejos de ser fácil.

— Ve a por un helado. Pero tienes que cepillarte los dientes esta noche.

— Lo prometo, mamá.

El tobogán desaparece en cuanto chasqueo los dedos. No hay necesidad de que Fletcher haga comentarios sarcásticos diciendo que mimo demasiado a Lili. Nunca podré mimar demasiado a mi hija, que no sabe nada del mundo exterior que la rodea.

Mientras Lili devora grandes bocados de helado con placer, yo miro el último acontecimiento: un corte inexplicable. No es la primera vez que no recuerdo cómo me lastimé. Salvo que, normalmente, se trata de moretones sin importancia. ¿Quién se acuerda de dónde viene este o aquel moretón? Yo no. Lo que siempre me ha extrañado es la aparición de algunos cuando he estado todo el día en la cama. Siempre ha ocurrido, desde que tengo uso de razón. Fletcher me afirmó que no tenía importancia, que el día que la tuviera, lo sabría. ¿Pero saber qué exactamente? Lo mejor es llamar a Fletcher, pero me niego. Debía ser un día exclusivamente de madre e hija. Voy a decepcionarla, otra vez.

— ¿Tienes que irte?

Hay tanta tristeza en esa pregunta. No puedo. No quiero dejarla otra vez. Fletcher me ha mordido esta mañana. Se ha bebido mi sangre y me ha asegurado que después podría pasar todo el día con mi hija. Y no dejaré que un fenómeno extraño arruine este día.

— No. Me quedo contigo hasta que te duermas.
— Te hará daño por haber esperado. Tienes que decirle que te has hecho daño, ¿verdad?

Lili no es tonta. Ve demasiadas cosas. Y entiende aún más.

— No te preocupes. Nadie me va a hacer daño. Y a ti tampoco. ¿Recuerdas la primera regla?

Asiente varias veces.

— Ningún animorfo tiene derecho a acercarse a mí cuando tú no estás.
— Bien. ¿Y la segunda?
— Ningún metamorfo tiene derecho a alejarme de ti.
— Perfecto, Lili.

Le repito esas normas una y otra vez desde que nació. Antes de que supiera hablar, ya se las repetía. No dejaré que nadie la convierta en una bolsa de sangre como me hicieron a mí. Lo acepté hace mucho tiempo. Ese es mi destino como fatel en esta manada. Sin embargo, quiero más para mi hija y lucharé por ello. Fletcher no es eterno y yo soy mucho más joven que él. Espero que su sucesor sea menos… sádico. Nada es menos seguro, pero siempre puedo rezar. Desde que nació Lili y la utiliza como medio de presión para hacerme obedecer, he tenido acceso a mucha información. Tras comprobar mi docilidad, me ha permitido leer. Es increíble lo que se puede aprender de los libros. Antes, la palabra fatel no era para mí más que un insulto. Gracias a los libros de historia, he aprendido más sobre mi pueblo en los últimos cinco años. Algún día le contaré a Lili nuestra historia, aunque ella sea tan diferente de mí como yo de Fletcher. Sin embargo, lo amo con un amor infinito, como cualquier madre ama a su hija.

— Mamá, ¿puedes hacerme una trenza?
— Por supuesto. Ven a lavarte primero. Tienes las manos pegajosas.

Su pelo es tan largo como corto el mío. Le llegan a la parte baja de la espalda, como una larga y sedosa cascada marrón. Me encanta peinarla. Parece que a las niñas les encanta jugar a ser muñecas. Para mí, mi hija es mi muñeca. La muñeca más bonita del mundo. Cepillo su cabello para quitarle todos los nudos y luego le trenzo los largos mechones chocolate que le caen por la espalda.

— Ya está, mi niña.
— Te toca.

Le sigo el juego y dejo que me peine. Hago una mueca discreta cuando insiste en un nudo.

— Mamá, ¿por qué no te dejas crecer el pelo como yo?

Porque Fletcher odia que se le meta el pelo en la boca cuando me muerde.

— Me da calor. Y a mí me gusta el frío, ya lo sabes.
— Sí. Tu poder es el frío. ¿Cuál será el mío?
— Es una sorpresa.

La mejor sorpresa sería que no tuviera ninguno. Después de todo, no es una fatel de pleno derecho. No obstante, dudo que el destino me haya hecho ese favor. No se puede decir que haya tenido mucha suerte en la vida hasta ahora. ¿Y cuál sería la reacción de Fletcher si fuera así?

— Sea el que sea, siempre te amaré.
— ¿Tal vez tenga el de papá?

Me estremezco al oír esa palabra. No tiene padre. Cuando nació, creí que esa relación existiría. Sin embargo, para su progenitor no es más que un proyecto a largo plazo. No existe para él y haré cualquier cosa para que siga siendo así. Por eso cree que está muerto.

— Tu padre no tenía ningún poder, cariño. No era un fatel.
— Por eso no soy como tú.
— Por eso eres una maravilla única. Y ahora, a la cama.

Capítulo 2

Blood

Ahora que Lili está en la cama, no puedo retrasarlo más. Tengo que avisar a Fletcher. Cojo mi teléfono a regañadientes y pulso la tecla de llamada.

— ¡Blood! ¡Qué agradable sorpresa! ¿Te apetece tener compañía esta noche?

Me dan náuseas al recordar nuestros momentos íntimos. Decido ignorar su comentario.

— Tengo un corte en la mano.

Me responde con un tono lleno de desprecio.

— ¡Pues cúrate!

— Ha aparecido solo.

— ¿Estás segura de que no te has hecho daño mientras jugabas con tu hija?

Ninguna consideración por mi Lili, nunca.

— Estoy segura. No estaba haciendo nada especial cuando apareció el corte. Un corte que parece hecho con un cuchillo.

— Finn…

¿Cómo? ¿Quién es Finn y qué tiene que ver conmigo?

— Quédate cerca del móvil y será mejor que me respondas cuando te llame.

Como siempre, se dirige a mí como si fuera un perro. Aprieto los dientes y asiento.

— Sí.

Fletcher cuelga sin más demora y me quedo un momento inmóvil, con el teléfono aún en la oreja. Incluso en la distancia, he notado el interés que ha puesto en mi llamada. Ha pasado de impertinente a intrigado y luego estaba inquieto. Se está tramando algo importante. Al final, mi teléfono suena antes de que tenga tiempo de soltarlo.

— Ven a verme de inmediato.

El pitido de fin de comunicación suena sin que yo tenga tiempo de responder nada, seguido del chasquido que me advierte que el portón está desbloqueado. Sí, además de una valla infranqueable, hay un portón automático que solo Fletcher puede abrir. A pesar de las recomendaciones del alfa, me tomo un segundo para mirar en la habitación de Lili. Mi hija respira apaciblemente, profundamente dormida. No me gusta dejarla sola. Por desgracia, está más acostumbrada de lo que debería a su edad. Prueba de ello es que es muy autónoma. A menudo se prepara sola por la mañana y sabe hacer de comer. Comidas frías, para mi tranquilidad, pero aun así. Me precipito al exterior antes de que mi teléfono suene con un alfa excitado al otro lado. Un poco más tarde, estoy delante de su casa. Esta casa que he aprendido a odiar más que cualquier otro lugar de este territorio. Llamo a la puerta con una mano sudorosa y temblorosa, con la cabeza invadida de imágenes fuera de lugar y muy desagradables.

— ¡Por fin has llegado! Te has hecho de rogar, Blood. Sin embargo, sabes que no necesitas hacerme esperar para tener ganas de ti.

Soy totalmente consciente de que actúa así solo para provocarme. No obstante, noto un sudor frío que me recorre la columna vertebral. Prefiero la sumisión que volver a vivir una escena más como en el pasado. Cabizbaja, pido disculpas con la mayor sinceridad posible.

— Lo siento, alfa.

Fletcher me rodea, dejando caer su mano sobre mi hombro mientras avanza.

— Todo irá bien esta vez. Voy a ser indulgente.

Continúa mirándome de los pies a la cabeza. Odio la forma en que me mira, como un depredador que está a punto de saltar sobre su presa.

— A menos que no quieras que te perdone, por supuesto. No me importaría tener un momento de relax.

Preferiría morir antes que volver a empezar su maldito juego insano. Ya no puedo más. No podría hacerlo. Lili merece tener una madre que esté en su sano juicio. No obstante, pierdo una parte de mi alma cada vez que me toca. Ya no queda mucho de ella...

— ¿Qué emergencia requiere mi presencia?

Se burla, no se deja engañar ni un segundo por mi subterfugio para cambiar el tema de conversación.

— Bien. Siéntate en esta silla.

Ni siquiera me lo pide por favor. ¿Para qué? No tengo otra opción. Solo tengo que obedecer. Así que lo hago y rezo para que esta historia no dure toda la noche. Me gustaría estar en casa cuando Lili se despierte.

— Voy a contarte una historia. Y no suspires.

Reflexiono. Me apetecer de estar en cualquier lugar, excepto aquí.

— Te va a interesar tanto como tu fascinación por tu pueblo esclavo.

¿Esclavo? ¡Los fatels eran miembros de un pueblo extraordinario antes de que seres como él lo destruyeran para aprovecharse de ellos!

— Es la historia de dos bebés que nacieron en la manada de los Tank. Mi primo Finn se había convertido en el alfa tras haber derrocado a su predecesor, un incapaz arrogante.

Le dijo la sartén al cazo. En términos de narcisismo, Fletcher es igual. Parece ser que es cosa de familia.

— No pongas los ojos en blanco. No olvides quién soy, Blood, o podrías arrepentirte.

Fletcher me muestra los dientes al tiempo que gruñe. A veces mi temperamento impetuoso resurge, lo cual es una muy mala idea. Soy libre de pensar lo que quiera mientras no deje ver nada y, en general, soy bastante buena ocultando mis ideas. Bajo un poco la cabeza en señal de arrepentimiento. El alfa parece satisfecho y reanuda su monólogo.

— Lo que iba diciendo, dos bebés que nacieron en la manada de los Tank. Sin embargo, no eran hijos de metamorfos orgullosos y majestuosos. Eran solo dos bastardos. O más bien, dos bastardas cuyo potencial vio Finn enseguida. Mi primo siempre fue un oportunista inteligente. Sabía que establecería definitivamente su autoridad con uno de estos vástagos. También sabía que era peligroso mantener a las dos en la misma manada. Entonces pensó en mí. Sabía que yo tenía madera de alfa. Así que me dio ese regalo tan especial.

Bla, bla, bla. Me muero de sueño y me dan exactamente igual esas historias de familia.

— He estado cuidando a esa mocosa de fatel desde ese día.

De repente me enderezo en la silla y escucho atentamente. Un fatel… Soy la única fatel de esta manada, estoy segura.

— Veo que por fin tengo toda tu atención. Perfecto. Quiero que prestes atención a lo que viene a continuación.

Carraspea de forma teatral y luego continúa.

— Finn y yo pronto nos dimos cuenta de que las niñas estaban muy unidas. Incluso separadas por varios cientos de kilómetros, sentían el dolor de la otra de forma física. Cuando una está herida, la otra también.

Miro mi mano, que tiene un claro corte en la palma.

— Veo que empiezas a entenderlo. Las únicas heridas que no compartís son las mordeduras. Admito que no sé la causa, pero es mejor así, porque a Finn le gustaba compartir su poder como recompensa. Slave tiene muchas más marcas que tú.

¿Slave? ¿Quién puede poner un nombre como ese a una niña? ¡Qué pregunta! La misma persona que me puso el mío.

— En resumen, tienes una hermana, una gemela, y vas a traérmela.

Una gemela... la parte de mí que eché de menos durante toda mi infancia. Esta carencia se desvaneció cuando tuve a Lili, pero nunca desapareció realmente. Es como un agujero en mi pecho que nada puede llenar.

— Quiero que vayas a buscarla, dondequiera que esté.

Ahora estoy perdida.

— ¿Quieres que vaya a casa de los Tank para alejarla de tu primo?

Veo su odio en las pupilas de Fletcher. Su ira me eriza el vello, rueda por mi piel como un trueno que se prepara antes de estallar.

— No. La manada Tank ya no existe. Acordamos una señal en caso de problemas. Slave debía cortarse la palma de la mano. Así me avisaría de que Finn tenía problemas. A Finn lo sacrificaron como a un perro y luego lo quemaron en su propio territorio. La mayoría de sus miembros murieron y el resto huyeron como gallinas. Slave ha desaparecido. Al parecer, aprovechó el ataque a la manada para marcharse en lugar de defender a su amo, que es lo que debería haber hecho. Hay que decir que esta bastarda ha resultado ser muy decepcionante. Su poder no estuvo a la altura de las expectativas de mi primo. Esa vez no tuvo suerte.

Lamento que mi hermana no haya satisfecho a ese psicópata. ¡Qué tragedia! No veo por qué debería ayudar a Fletcher a capturar a Slave, que tuvo la gran idea de marcharse. En su lugar, yo habría reaccionado exactamente de la misma manera.

— No seas tan reticente. Slave no sabe nada del mundo exterior. Nunca ha visto nada más allá que el territorio de los Tank. Seguro que está deseando tener un nuevo amo.

¡Claro que sí! ¿Qué mujer en su sano juicio no soñaría con que la golpearan, mordieran y trataran como un objeto? Por suerte, hay un problema irresoluble.

— ¿Cómo voy a encontrarla si no sabes dónde está? No soy adivina.

Fletcher me sujeta la barbilla y aprieta más de lo necesario. Me duele la mandíbula.

— No seas tan arrogante. Te lo he dicho, estás unidas de una forma mágica. Magia que corre por tus venas.

La suelta para esparcir un mapa sobre la mesa que tengo delante.

— Pon tu mano en este mapa.

Lo hago con reticencia, segura de que no va a pasar nada. Y así es. Fletcher se apodera de mi mano y me muestra los dientes.

— Haz un pequeño esfuerzo, Blood. Te he dicho que la magia está en tu sangre, así que...

Por supuesto. Quito la escarcha que cubre mi herida y mi sangre empieza a gotear, manchando el mapa con un reguero escarlata

— ¿Ves como cuando quieres, puedes?

Ante mis ojos desconcertados, el color escarlata se desplaza por el mapa, trazando un camino sobre el papel, para detenerse finalmente en un punto preciso, a unos quinientos kilómetros de nuestra posición. El alfa se inclina sobre el mapa para ver esa región.

— Aquí está. Vaya, vaya, vaya. El territorio de los Ángeles Guardianes. Son menos altruistas de lo que dicen. En realidad, son tan hipócritas como nosotros...

Los Ángeles Guardianes. He oído hablar de ellos vagamente. Trabajan para el gobernador, un humano. Solo este hecho es notable y denota su peculiaridad. La manada Féroce no trabaja con nadie fuera de las manadas de hienas. ¡Incluso es racista con otras manadas de metamorfos!

— Vas a infiltrarte en los Ángeles Guardianes y recuperar a Slave.

— No.

¡Qué error monumental! ¿Por qué he dicho esto sin pensar? En el fondo, sé por qué. Porque si la situación fuera al revés, me gustaría que mi hermana me protegiera.

— Esa lealtad entre gemelas es admirable. Te sientes más cerca de ella que de mí cuando ni siquiera la conoces. Precisamente por eso os separamos al nacer. Pero has olvidado algo, Blood.

Sumerge su mirada de odio en la mía y sé de antemano que no me dejará ninguna opción.

— Lili se quedará conmigo hasta que vuelvas. Como no has sido capaz de hacerme el ejército que esperaba...

Me mira fijamente, con una sonrisa maligna en la comisura de los labios. Mi estómago se revuelve mientras espero lo que sigue.

— Necesito encontrarte una sustituta.

No. No, no, no. Se me corta la respiración al adivinar lo que está planeando.

— Solo me queda tu hija para cumplir esta función. A menos, por supuesto, que me traigas a Slave aquí para que asuma esta función en su lugar.

Mi corazón deja de latir en mi pecho. Tengo que elegir entre condenar a mi hija o a mi hermana gemela. Ambas forman parte de mi alma que se desmorona, una vez más.

Capítulo 3

Liam

Desde nuestro descenso al territorio de los Tank, todo ha cambiado. Yo he cambiado. Mi atracción por Slave me molesta mucho. No es que no sea mi tipo. Simplemente, sé que no es para mí. Su cuerpo es atractivo, pero su olor a limón y madreselva no me corresponde. Sin embargo, en medio del territorio de los Tank, fue precisamente su olor el que me llevó hasta ella. Sabía, más allá de lo posible, que ella no era lo que parecía, pero también que un vínculo especial nos unía. Lo único es que, desde entonces, Greg ha descubierto que ella es su alma gemela y, como era de esperar, está interfiriendo lenta pero inexorablemente en su vida, sacándome al mismo tiempo de la ecuación. Connor también dio su bendición, aunque en ese momento no estaba seguro de su decisión. Sin embargo, en el fondo sé que tomó la decisión correcta. Sobre todo, porque frente a su alma gemela, el rechazo de un alfa no tiene ningún valor. Si Slave hubiera sido para mí, nunca hubiera dejado que nadie se interpusiera en mi camino, así que entiendo a Greg.

Eso no me impide ponerle piedras en el camino, solo por diversión, para apoyar a Nate.

— ¿En qué piensas ahí solo en tu rincón?

Owen. Mi binomio de siempre. El grandullón moreno avanza lentamente hacia mí. Ya tenga la forma de un humano o de un animal, siempre parece un depredador. Se tumba en el suelo a mi lado como la pantera que encierra.

— ¿Por qué estás alicaído, Liam?

— Yo no estoy alicaído.

Me mira con atención con su mirada penetrante.

— ¿Recuerdas que los animorfos pueden oler una mentira a kilómetros de distancia?

Aprieto los puños sobre la densa hierba y arranco un puñado.

— Solo estoy pensando.

— Entonces deberías parar. Está claro que te pone de mal humor.

Relajo un poco los hombros y suspiro.

— Quizá tengas razón. Es solo que esta historia me está volviendo loco.

— Estás hablando de Slave, Greg y tú que estás en el medio, supongo.

Asiento con la cabeza y sigo mirando al vacío. Owen no comprende lo que me está pasando. ¿Cómo podría hacerlo cuando yo mismo estoy perdido con mis sentimientos?

— Ya sabes que los únicos tríos que funcionan son los nuestros.

Se refiere a nuestro pequeño acuerdo. Estamos acostumbrados a trabajar juntos, tanto en nuestro trabajo como en nuestra vida privada. Ligamos juntos y a menudo compartimos nuestras conquistas. Esto nunca ha sido premeditado. No nos levantamos una mañana y dijimos: «Esta noche nos acostamos con la misma chica al mismo tiempo». Simplemente, sucede que tenemos gustos relativamente similares en cuanto a las mujeres y la primera vez que ocurrió fue principalmente porque la mujer en cuestión no quería elegir entre nosotros. Así que los tres nos encontramos en una habitación, y una cosa llevó a la otra y nos ocupamos de la chica juntos. Después, esto se hizo cada vez más frecuente, hasta que se convirtió en un hábito. Creo que, en cierto modo, era nuestra forma de hacer saber a nuestra conquista que no eso no iría más allá, que solo era para pasar un buen rato. Soy uno de esos metamorfos que desean más que nada encontrar a su alma gemela y vivir su vida solo para ella. Sin embargo, no tengo ni idea de cuáles son los motivos de Owen a este respecto. Nunca lo hemos hablado, aunque tampoco es un tema tabú entre nosotros. Quizá sea el momento de hacerlo.

— Owen, ¿puedo hacerte una pregunta?

Le sorprenden mis dudas.

— Ya lo compartimos todo. Puedes preguntarme lo que quieras.

— ¿Esperas encontrar a tu alma gemela algún día? Nunca hablas de ello.

Su mirada se desvanece en la distancia mientras parece rememorar recuerdos dolorosos.

— En realidad, ya la he encontrado.

Me incorporo estupefacto.

— ¿De verdad? Nunca me has hablado de ella. ¿Por qué no está contigo?

— Era una bella metamorfa cierva. Era dos años más joven que yo. No era mucho. Solo que, como nos conocimos siendo adolescentes, ella no sintió la conexión. Sin embargo, enseguida detectó mi pantera, que no era discreta.

Me imagino. Cuando encontramos a nuestra alma gemela, nuestro animal tiende a aparecer por la emoción del momento.

— Evidentemente, me tenía miedo, ya que solo percibía mi lado depredador. Decidí darle tiempo. Éramos jóvenes. Teníamos toda la vida por delante.

Pero murió en un accidente de coche un año después. Nunca pude reclamarla.

Mi corazón se estremece con su historia. Nuestra alma gemela es el bien más preciado que un animorfo puede poseer. Perderla es un dolor inconmensurable del que uno no se recupera. Por lo general, las almas gemelas mueren con unos pocos días de diferencia. Owen no murió porque no llegaron a unirse.

— Lo siento, Owen.

Este último se frota inconscientemente el pecho, donde su vínculo de unión debería haberse arraigado.

— Siento una vacío que nada podrá llenar.

De ahí su falta de implicación en las relaciones sentimentales.

— ¿Por qué no me lo contaste cuando te conté la historia de mi hermana?

— ¿Para qué? Ya eras bastante infeliz sin que yo añadiera mi pena a la tuya.

Entiendo su razonamiento. Owen es una persona lógica y pragmática. Está convencido de que todo sucede por una razón específica. Le doy una palmada en la espalda para expresarle mi apoyo.

— Podrías enamorarte, ¿sabes?

— Difícil cuando una sola mujer te obsesiona. Las demás no pueden ser más que un pasatiempo. Un pasatiempo muy agradable en el que me olvido de todo por un momento, pero sigue siendo una distracción de corta duración. Se aclaró la garganta antes de continuar.

Tú, en cambio, tienes todo el derecho a la esperanza. Explícame qué ocurre con Slave.

— No lo sé, en realidad.

— Te encantó en cuanto la viste. Desde que llegó, no has vuelto a ser tú.

—Lo sé. Es complicado.

Frunce el ceño y me empuja ligeramente.

— Las historias del corazón siempre lo son.

— Cierto. Es solo esa extraña sensación de conexión entre Slave y yo.

— ¿Seguro que no es tu compañera? Después de todo, Sean y Connor no sintieron su conexión inmediatamente con sus esposas.

— No, es diferente. Sé que no es mi destino. Pero no es menos importante para mí. La propia Slave admitió sentir una conexión entre nosotros. Es que no existe la atracción física que conlleva. Es un vínculo poderoso, pero platónico y no puedo explicarlo. Además, mi lobo no se equivoca. La observa desde lejos, es protector, pero no tiene ningún deseo de marcarla.

Owen pone sus manos detrás de su nuca para observar el cielo sin nubes.

La verdad se nos revelará cuando menos lo esperemos.

— ¡Oh, no! No me vengas con tu filosofía de bar, por favor. Ya tengo la mente lo suficientemente confundida para que vengas tú a añadir más.

Se ríe antes de darme un codazo.

— ¿Quieres que salgamos esta noche?

— No. De todas formas, Connor ha prohibido las salidas. Después de nuestra incursión en el territorio de los Tank, teme represalias.

Y extraoficialmente, no sé por qué, pero siento que no sería buena idea.

— ¡Ningún problema! En ese caso, tendremos una noche de chicos. ¿Pizza y tele?

— Solo TV. Como con Slave.

Eso es suficiente para relajarme durante unas horas. Además, estoy cansada de que Greg duerma frente a mi casa como el perro faldero de su madre. En su defensa, creo que yo haría exactamente lo mismo en su lugar. Saber que su alma gemela te necesita sin poder ayudarla debe ser una tortura constante.

Aunque no se lo demuestre, respeto mucho su perseverancia con Slave.

Después de esperar a Slave para comer toda la noche, tengo que rendirme ante la evidencia: Greg y Slave se han unido. Ningún metamorfo puede pasar tanto tiempo con su alma gemela sin reclamarla. Nate es el ejemplo perfecto.

Cortejar a Sam fue una tortura para él. Llegó incluso a pedirle a Dany que apareciera al cabo de dos horas para obligarse a frenar sus instintos. Curiosamente, no me siento herido por ese rechazo. Estoy un poco celoso. Pero no de Greg. Simplemente envidio la relación que tienen. Me alegro por Slave. Después de todo lo malo que le ha pasado, merece ser feliz con el hombre hecho para ella y solo para ella. Al final, me voy a la cama, solo y frustrado. Nada más cerrar los ojos, sueño con mi mujer. Sé que es ella. Sin embargo, tiene la cara de Slave. Estoy cansado de este quid pro quo. Me revuelvo en el sueño para ahuyentar esta imagen incongruente, pero sigue persiguiéndome. Me persigue una y otra vez. Imagino a esta mujer en mis brazos, contra mí, su suntuoso cuerpo ciñéndose al mío. Su aroma me hace cosquillas en las fosas nasales, embriagando todos mis sentidos. Ahí está la sutileza. Hay algo más que no viene de Slave. Es ella sin ser ella. No tiene sentido. Me levanto temprano por la mañana de muy mal humor. No he dormido bien, no lo suficiente, y me niego a fantasear con una mujer que no está disponible para mí. Eso no hará más que sembrar la discordia en la manada. Los Ángeles Guardianes son fuertes porque están unidos y tengo que mantener esa armonía. Me siento en mi terraza para disfrutar del sol que sale en el horizonte. Necesito este momento de calma para poner orden en mi cabeza. Pero mi paz es efímera. Sean llega corriendo y sé, solo con ver su expresión sombría, que trae malas noticias.

— Te escucho.

— ¿Piensas huir con Slave?

— ¿Cómo?

¿De qué me está hablando? Slave está con Greg. Todo está claro y no pretendo interponerme entre ellos, así que no voy a huir con ella, desde luego que no.

— ¿No has planeado algo así?

— No. ¿Me lo explicas?

Se deja caer en la silla frente a mí.

— Sevana ha tenido la visión de Slave abandonando el territorio de la manada en tu compañía.

— Eso no tiene ningún sentido. Slave está unida a Greg. ¿Por qué se iría conmigo?

— ¿Porque le obligarías a hacerlo?

— Nunca lo haría. Ni siquiera a Greg.

Sean suspira mientras se hunde en su asiento.

— Lo sé. Te conozco. No te pusiste del lado de Nate por lealtad a él, sino porque crees profundamente en el vínculo entre almas gemelas. Sin embargo, la visión de Sevana es clara y hay que tomarla en serio. Tal vez sea Slave quien te obligue a dejar la manada.

36

Lo dudo aún más. No va a dejar a Greg. Le ha dado su confianza. Con su pasado, no lo ha hecho a la ligera.

— Sam va a hablar con Slave mientras intentamos aclarar la situación con Greg y Connor. Tu presencia es indispensable.

— Dame dos minutos para vestirme y ya voy.

Greg da vueltas como un león enjaulado delante de la casa de Connor. Tiene el olor de Slave por todas partes. Han sellado su vínculo de unión, como esperaba. El leopardo está fuera de sí ante las acusaciones contra su compañera.

— ¡Mi compañera nunca se iría con Liam!

La interferencia del walkie-talkie impide que Connor responda mientras yo soy lo más discreto posible, sin saber qué decir. La voz de Mika, la metamorfa que está de guardia en la entrada suena como un trueno.

— Un fatel acaba de pasar el portón. Se parece a la que trajiste del territorio de los Tank.

La voz de Connor retumba en el aparato.

— ¡Retenla!

— Jason la acompaña hasta ti.

— ¿Puedes repetirlo?

— El fatel acaba de presentarse en el portón. Viene de fuera.

Greg sale como un cohete al encuentro de Jason, seguido de cerca por Connor y Nate, mientras Dylan corre en dirección contraria. Me uno al grupo para saber de qué va la historia. Tal vez, por fin obtenga las respuestas a mis preguntas.

Capítulo 4

Blood

Me odio a mí mismo de antemano al pensar en lo que voy a hacer. He vendido mi alma al diablo. No podía condenar a mi hija a una vida de sufrimiento como la mía. Espero que algún día sea libre. Tal vez sea así si Fletcher consigue el ejército que desea. Solo por esta hipotética quimera, he vendido a mi propia hermana. Me consuelo como puedo durante el vuelo que me lleva a ella. No la conozco. No sé nada de ella. Si tengo que salvar a alguien, elijo a quien llenó mi corazón de amor hace casi seis años. Soy su madre. Ella está en la tierra por mi culpa. Debo protegerla como pueda. Su vida no será fácil en el territorio de los Féroce. Le debo al menos eso. No quiero que Fletcher ponga sus sucias patas de hienas sobre ella.

— Pareces tensa, Blood. Puedo ayudarte a relajarte si quieres.

Hartcher me mira con una mirada perversa, con la baba en los labios y la mano en la entrepierna. Solo mirarlo me repugna. El beta de los Féroce no oculta su bestial necesidad de sexo insano. Odia que yo sea intocable para él. No es más que una provocación. Fletcher nunca ha permitido que nadie más me toque. Soy su propiedad privada, por así decirlo. Yo lo sé, y el beta, también. Pero que parece que lo ha olvidado, o se cree lo suficientemente irresistible como para que yo sucumba a él. Tal vez debería recordarle que no soy una muñeca inofensiva.

— Si te acercas a mí, te congelaré tanto la polla que caerá al suelo como un cubito de hielo inútil.

El beta muestra los colmillos, descontento.

—Algún día, te haré pagar por tus afrentas. No eres más que una marioneta. Cuando Fletcher se haya cansado de ti, te entregará el primero que llegue. Ten cuidado de que no sea yo. Te haré tragar tus palabras.

Gracias por las imágenes obscenas. Ya de por sí odio volar. Ahora tengo náuseas por otra razón que no es el mareo. Estamos a solo una hora del territorio de los Ángeles Guardianes. Fletcher me ha dado un minuto para besar a Lili antes de embarcar en este avión de la desgracia. Cada vez que voy a alguna parte, hay muertos. Por eso el alfa me pone delante. Soy su arma. Su soldado obediente. Contra mi voluntad, pero ¿cuál es la diferencia? Ninguna. Mato gente y cada una de sus caras queda grabada en mi memoria. Por la noche, vuelvo a ver su miedo, su incomprensión y su odio hacia mí. Ni siquiera sé quiénes son o lo que hicieron para que Fletcher quisiera eliminarlos. Tengo orden de ejecutarlos, punto final. Son ellos o mi hija. La decisión se toma rápidamente. Y cada vez, Hartcher está en el viaje para asegurarse de que el plan se lleva a cabo mientras el alfa se queda con mi hija. Si hay algún intento de rebelión o en ausencia de llamada del beta, mi hija sufrirá las consecuencias.

Me presento ante el portal de los Ángeles Guardianes con un nudo en el estómago. Fletcher dice que solo tengo que llegar y entrar. ¡Que la manada no verá la diferencia entre mi hermana y yo! ¿Nos parecemos tanto que nos confunden? Es difícil imaginar que una mujer se parezca a mí tanto a mí.

— ¿Qué haces afuera? ¡Creía que estabas con Greg o Nate!

¿Dos animorfos para vigilarla? Qué mala suerte. Mi hermana debe ser poderosa. Fletcher dice que ignora mi existencia y que me seguirá en busca de respuestas. Esperemos que sí.

— Quería dar una vuelta.

— Sígueme. Te llevaré con ellos.

Sigo al primer animorfo mientras el segundo saca un walkie-talkie de su bolsillo con el ceño fruncido.

El territorio de los Ángeles Guardianes es muy agradable. Está salpicado de chalés aquí y allá, y todos siguen el mismo patrón con una terraza delante del edificio. Debe ser agradable vivir aquí. Sin embargo, no tengo tiempo de seguir explorando el lugar. Tres hombres vienen corriendo hacia nosotros para bloquear el camino. El que está más cerca de mí, un hombre rubio y apuesto que saliva en exceso, se dirige a mí con voz ronca que sale del fondo de su garganta.

— ¿Quién eres?

Respondo como un autómata a este hombre que gruñe más de lo que habla.

— Slave.

El que está frente a mí, un moreno, empieza a gruñir, enojado.

— No eres mi compañera.

Supongo que Fletcher no había previsto esto. Para él, una fatel no puede unirse a un metamorfo porque sería indigna de él. No te casas con una esclava. Parece que algunos animorfos no piensan como él. Sin embargo, no hay ninguna diferencia. No me iría sin Slave, aunque el hombre de ojos de lobo que me olfatea me hace sentir muy incómoda.

— ¡Gemelas!

Y ya está. La ventaja que se suponía que tenía ha desaparecido. Mi alfa siempre se confía demasiado. Se cree superior a todos. ¡Qué idiota! Lo odio con toda mi alma. No obstante, no tengo otra opción que obedecer. Sería más fácil si no sintiera una fuerte conexión con algunos de ellos. Esperaba sentirme cerca de mi hermana, pero no de dos hombres desconocidos. Me ponen nerviosa mirándome así. Ya que han comprendido quién soy, mejor ser directa.

— Tengo que ver a Slave.

— Ni hablar.

El moreno no dirá nada. He venido a arrebatarle a su nueva esclava, ¡qué crimen! Sin embargo, creo que no me ha entendido bien.

— No me he explicado bien. No me iré sin Slave.

— Me viene de perlas. No saldrás de nuestro territorio.

El señor olfateador se mete en medio. Le enseñaré que es muy grosero oler a la gente de esta manera insistente.

— ¿Crees que puedes detenerme?

Otros antes que él intentaron contradecirme y lo lamentaron amargamente. Despliego mi poder sin dificultad. La angustia y la rabia no hacen más que amplificarlo. No tengo derecho a fracasar. La temperatura a nuestro alrededor desciende repentinamente, el vapor helado se escapa de sus bocas con cada exhalación. En cuanto al que está demasiado cerca de mí, tiene la punta de los dedos y la nariz congeladas y los dientes le castañean. De repente, un dolor sordo asciende por mi cuerpo. Caigo al suelo gritando. Siento como si me aplastaran los huesos uno a uno. Solo puedo distinguir a una mujer gritando tanto como yo, como un eco. Y todo se detiene como empezó. Mi cuerpo vuelve a estar como si nada hubiera pasado.

— Mierda. Están conectadas.

Sí. El vínculo gemelar de dos fatels es extremadamente poderoso. Tal vez incluso más que el de las almas gemelas en los metamorfos. Por eso Fletcher y su primo nunca nos pusieron en contacto. Tenían demasiado miedo de que mi hermana y yo nos uniéramos en su contra.

— Por eso tienen la misma herida en la mano.

El compañero de mi hermana la abraza cariñosamente mientras ella no hace más que mirarme. ¡Sí, sorpresa! No eres un ejemplar único. Y tengo que decir que nos parecemos mucho. Excepto el pelo. El mío es más corto que el de mi hermana. Sin embargo, lo que realmente me duele es ver el amor evidente que se tiene esta pareja. He cometido un error. No es un acuerdo entre ellos. Es un amor sincero al que nunca podré aspirar. Esto hace que aumente mi rabia. Señalo a mi gemela con el dedo.

— Se viene conmigo.

— No. Nadie se marcha.

El hombre lobo, otra vez. Está decidido a mantenerme cautiva en este territorio, puedo verlo en sus brillantes ojos amarillos. No tengo más tiempo que perder. No puedo permitírmelo o Lili pagará el precio. Ella es mi hija, sangre de mi sangre. Como ser ruda no funciona, trato de ablandarlos.

— Os lo ruego. Tiene que venir conmigo. No tengo elección.

— ¿Por qué?

Vacilo. ¿Qué estoy dispuesta a admitir? ¿Qué puedo decirles para convencerlos sin poner en peligro mi vida o la de mi bebé?

— Porque si no, él morirá.

— Lo siento.

¿Por qué? ¿El lobo va a impedir que complete mi misión y se disculpa por ello? No tengo tiempo de reaccionar cuando salta sobre mi espalda y me muerde profundamente el hombro después de tirar del cuello de mi camiseta. Me atraviesa la piel y bebe mi sangre como Fletcher lo ha hecho tantas veces. Sin embargo, me lo tomo muy a pecho. No sé por qué, pero inconscientemente, estaba convencida de que, de todos los presentes, él sería el que no me haría ningún daño. Obviamente, me equivocaba.

Justo cuando estoy preparada para congelar el corazón de este imbécil hasta que muera, veo que su cuerpo se deforma y toma la apariencia de... ¡mi hermana! ¡Maldita sea! ¿Cómo es posible? Estoy segura de que parezco tan atónita como el compañero de mi gemela, cuyos ojos están a punto de salirse de las órbitas. En cuanto a mi hermana, parece que ha corrido una maratón. Está goteando de sudor.

— Un nuevo poder.

¿Cómo? Creía que podía tomar la apariencia de cualquier animal, no que cambiara la apariencia de los demás. ¿Y por qué nuevo? Nuestro poder aparece a los 6 años y tenemos 24. Además, ¿qué creen que están haciendo con sus trucos?

— ¡No me voy a llevar a un metamorfo! ¡Aunque tenga tu apariencia!

El lobo parece muy satisfecho de sí mismo.

— No tienes otra opción. Tú y yo estamos conectados. ¿Conoces el concepto de alma gemela en los metamorfos?

¿Almas gemelas? ¿Es esa la conexión que siento entre nosotros? Voy a hacer que borre su sonrisa satisfecha de su cara de rata. Conozco este concepto, aunque nunca lo he entendido. Sin embargo, por lo que he leído, se supone que las almas gemelas se aman y se apoyan, como mi hermana y su compañero en este momento. Él no ha hecho más que marcarme como su propiedad y ya soy el juguete de otra persona. Lo fulmino con la mirada y vuelvo a bajar la temperatura hasta que se le eriza el vello de los brazos.

— Me lo pagarás.

Se encoge de hombros sin detenerse ante mi evidente amenaza.

— No lo dudo.

Entonces se dirige a Slave.

— ¿Cuánto durará la transformación?

— Ni idea. Sevana dice que será suficiente.

— Entonces, confiemos en ella.

¿Confiar para qué? ¿Quién es Sevana? Estoy completamente perdida. Nada sucede según lo previsto. El lobo me coge del brazo y me arrastra hacia la salida del territorio. Eso no es lo que se había acordado. Todo se ha ido a la mierda y Lili corre el riesgo de pagar el precio. Tengo náuseas. Pero no puedo hacer nada. El compañero de Slave no la dejará ir. Lo he visto. La ama y se preocupa más por ella que por su propia vida. Además, este lobo no se irá de mi lado si lo que dice sobre nuestra conexión es cierto. Y, por último, la otra mujer me hizo mucho daño. Es pequeña, pero muy poderosa. Una fatel sin duda. Al parecer, no somos el pueblo extinto que describen los libros de historia.

— Espera.

El compañero de mi hermana no ha terminado. Me detengo a escucharlo.

— ¿Cómo te llamas?

No es un nombre, no más que el de mi hermana, pero así me llaman.

— Blood.

La mano del hombre que está a mi lado aprieta mi brazo mientras su pecho vibra bajo su agudo gruñido. Reanudamos nuestra marcha sin que nadie nos detenga. Todo el territorio parece haberse vaciado. Incluso los guardias que están en la entrada nos dejan pasar sin sorprenderse al ver dos versiones de su nuevo miembro.

— Por cierto, me llamo Liam. Y vamos a tener que encontrarte otro nombre porque no pienso llamarte Blood.

Sus mandíbulas están tan apretadas que le rechinan los dientes. Realmente no le gusta mi nombre. ¿Y a mí? Simplemente estoy acostumbrada.

— No tendrás tiempo de llamarme de ninguna manera, porque Fletcher te matará en cuanto comprenda el truco. Y no te hagas ilusiones. No voy a defenderte. Solo hay una persona que me importa y no eres tú.

— Lo entiendo. Slave siempre será tu prioridad...

Me río sin poder evitarlo.

— No sabía de la existencia de Slave antes de esta semana. No es más que un problema espinoso. Hoy he fracasado. Voy a necesitar un chivo expiatorio para evitar la ira del alfa, y no dudaré en culparte de cualquier cosa.

— Date el gusto, cariño. Estoy dispuesto a soportar cualquier cosa para quedarme contigo.

— Hablaremos de ello mañana, cuando hayas recuperado el sentido común.

Capítulo 5

Liam

Mi compañera es misteriosa, llena de vida, y su olor… ¡Maldita sea! Mi lobo podría comérsela cruda. Madreselva y jazmín. El combo perfecto para mi olfato de cánido ultrasensible. No puedo evitar olerla cada vez que tengo la ocasión. Dado que la cojo del brazo, su olor se instala en mí al compás de nuestros pasos. Al igual que las grupis cuando su estrella favorita las toca, siento la tentación de no volver a lavarme. Pero estoy ansioso por volver a mi propio cuerpo. Me siento apretujado en la piel de Slave. Y disminuido. Es demasiado pequeña, demasiado frágil, demasiado… todo.

— ¡Deja de retorcerte! ¡Vas a hacer que nos descubran!

Todos mis sentidos se ponen en alerta. Puede que tenga una apariencia diferente, pero no por ello dejo de tener el instinto de un depredador.

— ¿Que nos descubra quién?

— ¿Crees que voy por ahí sola, sin un chaperón que me lleve con correa?

Curvo los labios. Mi lobo, muy dentro de mí, gruñe muy bajo. Nadie tiene derecho a controlar a mi mujer.

— Cierra la boca. Tus dientes no me asustan. Los hay mucho peores que tú, aunque te pongo el primero de mi lista de gilipollas.

No puedo resistirme a lamerle el cuello para provocarla. Su dulce sabor a albaricoque explota en mis papilas gustativas. Menos mal que estoy en el cuerpo de una mujer o ahora mismo tendría una erección monumental. A mi alma gemela no le ha gustado tanto.

— Si vuelves a hacerlo, te congelaré la lengua para siempre.

Sería una verdadera lástima. Quiero poder descubrirla de todas las maneras posibles y tengo la intención de utilizar la lengua en el futuro.

— Solo lo haré con tu consentimiento.

— Dicho de otra forma, nunca.

Ya lo veremos. La espera para reclamarla será, sin duda, larga y dolorosa. Sin embargo, no tengo ninguna duda de que terminará en mi cama. Seré paciente, ¡aunque me vuelva loco!

— Cállate. No abras más la boca, bajo ningún pretexto. Nos acercamos al punto de encuentro.

Tengo un montón de preguntas que hacerle, pero ahora no es el momento. Sevana fue muy breve cuando me contactó por telepatía. Tengo que quedarme con Blood y, lo más importante, tengo que seguirla hasta su territorio. Tenemos que alejarnos lo máximo posible. Su advertencia fue clara: si fracaso, los Guardianes desaparecerán. No pienso perder a la familia que he encontrado. Todos significan mucho para mí, cada uno a su manera. Dejarlos me rompe el corazón, pero estoy seguro de que los volveré a encontrarme con ellos cuando llegue el momento.

Mi mujer se pone nerviosa al acercarse a un bosquecillo. Todos sus músculos se tensan. Intercambia nuestras posiciones para ser ella la que me lleva y no al revés. Tiene sentido. Se supone que es ella la que me ha capturado, no al revés.

— Vaya, vaya, vaya. Dos por el precio de una.

El hombre que viene a recibirnos me cae mal al instante. Su astucia está inscrita en su ADN. Una hiena… Su olor me golpea de lleno. Tengo que luchar para no gruñir ante esta agresión. Me rodea para hacerme sentir incómodo. Es el tipo de hombre al que le gusta el olor del miedo. Se va a decepcionar.

— ¡Apesta a lobo!

Los lobos no apestan, imbécil. Blood permanece estoica a mi lado. Tengo la sensación de que trata con este tipo con demasiada frecuencia para mi gusto.

— Yo no huelo nada especial.

— Bien. Vámonos de aquí antes de que esos idiotas se den cuenta de que les falta alguien.

Me agarra del cuello con violencia y contengo mi instinto de forcejear. De repente, me suelta, gritando, con la mano completamente congelada.

— No toques a mi hermana. Es para Fletcher.

Mi compañera… Se preocupa más por mí de lo que quiere admitir. Eso me reconforta. Siente nuestra conexión, aunque quiera resistirse.

— Algún día me lo pagarás.

A mi alma gemela no le importa. Ni siquiera reacciona, probablemente está acostumbrada a las amenazas. Me lleva a un pequeño avión, al que subimos. Últimamente viajo mucho. Mi mujer quiere sentarse a mi lado, pero el metamorfo se lo impide.

— A partir de ahora, soy yo quien la vigila. Por si acaso. He oído que se convierte en osa. Tengo que estar cerca de ella para neutralizarla si se le ocurre metamorfosearse en esta avioneta.

— No es tonta. No intentará nada.

El animorfo muestra sus colmillos al tiempo que sus ojos de hiena brillan en sus pupilas.

— He dicho que cuidaría de ella.

Mi mujer capitula y se acomoda en el asiento de enfrente.

— No olvides llamar al alfa y decirle que he completado mi tarea.

Sonrió con maldad.

— Tenemos tiempo.

De repente, la temperatura ambiente baja unos grados.

—Ahora.

— Lo haré cuando estemos en el aire. No hay prisa.

— Si le pasa algo, te juro que morirás el primero.

Mi esposa está atemorizada. Está protegiendo a alguien. Lo había entendido cuando estábamos en el territorio de los Guardianes. Ahora tengo la confirmación. Solo obedece a la manada de hienas por chantaje. Tengo curiosidad por conocer a esa persona que es tan importante para ella, porque también tendrá que serlo para mí. Estoy convencido de que acabo de heredar un lote: mi mujer y un desconocido. Solo espero no tener que aceptar un trío, porque no funcionará. Mi lobo no la compartirá con nadie, y yo tampoco. Mi acuerdo con Owen solo era válido para mujeres de paso. Un alma gemela es algo serio. El metamorfo se toma en serio la amenaza y saca su teléfono. El mensaje es breve. No se puede descubrir nada.

— Ambas están a bordo.

El vuelo es rápido. Apenas una hora y media más tarde, estamos en la manada de hienas. El olor me revuelve el estómago. Sigo teniendo la apariencia de Slave a pesar de la distancia. A priori, la transformación no tiene límite de distancia. Por lo tanto, debe tener un límite de tiempo. Queda por ver cuál. Me temo que el final se acerca. El poder de Slave es completamente nuevo. Lo ha usado por primera vez conmigo. Ya es un milagro que lo haya controlado tan bien. Sospecho que Sam ha participado en la operación impidiendo que se quedara sin energía. Sin embargo, no ha debido de ser un milagro. Tarde o temprano, más bien temprano en mi opinión, el subterfugio terminará. Tengo que prepararme. El portón que hemos pasado está muy vigilado. Como todas las manadas de hienas, sin excepción, esta forma parte de los disidentes. Tiene cosas que esconder y está atrincherado en consecuencia. Los Ángeles Guardianes siempre han sido conscientes del problema de las hienas. Atacar a una manada es atacarlas a todas. Por eso Sevana me ha pedido que me aleje con Blood. Debe haber percibido un ataque masivo si Blood se quedaba con nosotros. Incluso con las fatels, y a pesar de todo el poder de Sam, que es considerable y aterrador, no habríamos sobrevivido. Sin duda, mi manada ha huido en cuanto nos hemos marchado. Deben haberse puesto a salvo. Sin embargo, sé que no me olvidarán. Se me pone el corazón en un puño al pensar que estamos al borde de la guerra porque por fin he encontrado a mi compañera. El beta que ha hecho el viaje con nosotros llama a la puerta de una casa de proporciones desmesuradas. El alfa obviamente tiene algo que compensar.

— Fletcher, aquí tienes tu botín.

Bonita forma de tratar a los seres humanos. El líder de la manada me rodea de la misma manera que su beta. Babea al mirarme el trasero y el pecho. ¡Es repugnante! Ahora entiendo a las mujeres que se sienten atacadas por ciertas miradas insistentes.

— Es exactamente como tú, Blood. Excepto el pelo. Es más largo. Vamos a cortarlo. No me gusta tener pelo en la boca cuando como.

Mi reflejo es gruñir. No puedo contener la vibración en mi pecho cuando imagino la boca de ese imbécil sobre mi esposa.

— ¿Te rebelas, Slave?

Me agarra violentamente el pelo e inclina mi cabeza hacia atrás para poder mirarme desde arriba.

— ¡Creía que mi primo te había educado mejor que eso!

Finn, el alfa de los Tank. Son primos. Así es como las separaron. No tengo tiempo para replicar. Mi cuerpo se contorsiona. Mis piernas crecen, mis bíceps se hinchan, mi cabello se acorta, lo que lo priva de su agarre sobre mí, y mi cara vuelve a su forma original.

Solo por ver sus caras descomponerse, valía la pena. Pero la visión de Fletcher agarrando a Blood por el cuello me impide matarlo en el acto. Le aprieta la tráquea con tanta fuerza que su bonito rostro se queda sin color al verse privado de flujo sanguíneo.

— ¡Suéltala!

Me fulmina con la mirada.

— ¿Por qué haría eso, lobo? Me ha engañado. Ha querido jugar a ser la más lista. Ha querido enfrentarse a su amo.

Me lanzo sobre él, ya no lo soporto más.

— ¡Es mía! No tienes que poner tus sucias zarpas de hiena sobre ella.

Me quita de en medio sin dificultad. No sé qué me duele más: si el crujido de las costillas por el golpe o su mueca de desprecio.

— ¿De verdad pensabas que podías vencerme? Blood está bajo mi control desde hace muchos años. Su sangre es una verdadera delicia. Supongo que tu alfa se ha quedado con Slave para sí mismo.

¡Obvio! Su organismo está saturado con el poder de fatel de mi mujer, mientras que yo solo bebido un poco para marcarla.

— ¿Creías que podías hacerte con la copia? Lo siento, pero me la quedo.

Le acaricia la parte superior de la cabeza como si fuera un perro.

— A veces puede ser útil. Solo hay que saber motivarla. De hecho, me sorprende que haya fracasado. Pensé que había dejado claras las repercusiones.

— Lo siento, Fletcher. No lo sabía. Cuando he llegado al territorio de los Ángeles Guardianes, no me he cruzado con nadie más que con Slave. No podía saber que no era ella.

Me asombra su aplomo. Ni siquiera noto su mentira. Sin inflexión de voz, sin titubeos... pero el alfa no se equivoca.

— Tsss, tsss, tsss. Mientes tan mal. Estoy muy decepcionado con tu comportamiento. Vamos a resolver esto cara a cara.

Mi mujer tiembla como una hoja, con una profunda angustia en sus hermosos ojos marrones.

— Mientras tanto, Hartcher, deléitate y arráncale el corazón de ese intruso.

Salto a un lado para evitar la mano que sale disparada hacia mi pecho. Dejo aparecer mis ojos de lobo y mis garras salen para rasgarle la muñeca.

— No te aconsejo que me ejecutes si quieres conservar a Blood.

Levanta la mano para indicar a su compañero que se detenga. Me impresiona cómo le obedecen todos.

— Me gustaría saber qué te hace pensar que estaría resentida conmigo si te matara.

Sacudo la cabeza, consciente de que debo ser más listo que él.

— ¿Resentida contigo? Quizá no. Sin embargo, me seguirá a la tumba.

El alfa entrecierra los ojos mientras se acerca a mi compañera.

— Mira debajo del cuello de su camiseta.

Tira sin ningún pudor, exponiendo a la vista de todos la parte superior de los pechos de mi mujer, y, sobre todo, mi mordisco fresco, que destaca claramente sobre los demás. Menos mal que no había visto todas las marcas de dientes que ya tenía en la piel. No creo que hubiera seguido las instrucciones de Sevana si las hubiera visto. Ahora entiendo el comentario de Blood. Para ella, no soy mejor que esas hienas. Fletcher gruñe al entenderlo. Una mordedura de alma gemela es más profunda, más nítida, y también cicatriza más rápido que cualquier otra herida.

— Una reivindicación de alma gemela.

— Si me matas a mí, la matas a ella.

Capítulo 6

Blood

Decir que Fletcher no está contento es un eufemismo. La rabia hierve en el fondo de sus crueles pupilas Su mano se cierra bruscamente en mi brazo. Tira de mí hacia él y apoya su nariz contra mi piel para olerme.

— No lleva tu olor.

¡Menos mal! ¡Solo faltaba eso! ¡Ya me ha mordido por sorpresa, no iba a hacérmelo delante de todo el mundo! Liam piensa lo mismo que yo. Al menos en este punto, estamos en la misma onda.

— No somos animales. Blood no estaba muy dispuesta cuando la he mordido y no tengo intención de violarla.

El alfa ríe a carcajadas. El sonido enfermizo me pone la piel de gallina.

— Ella nunca está dispuesta, pobre idiota.

Liam comprende el mensaje de inmediato. Su lobo sale a la superficie, sus labios se curvan. Su gruñido resuena en la habitación, haciendo que las paredes tiemblen. Hartcher lo sujeta con la ayuda de otro dominante. Tienen que hacer un gran esfuerzo. Fletcher siente un gran placer al ver la reacción del lobo.

— ¡Oh! Parece que no te has parado a hablar con mi esclava. Te lo habrías pensado dos veces antes de beber su sangre.

Me olfatea otra vez de forma indecorosa y no puedo evitar retroceder. Al menos lo intento, pero Fletcher me retiene.

— Por otro lado, es cierto que su olor es bastante embriagador. Un néctar exquisito.

Liam gruñe entre dientes.

— No la toques.

— ¿Si no qué, lobo?

— Si no, será lo último que hagas antes de morir.

Fletcher es burlón, provocador.

— Que muerde el chucho.

Entonces me mira a los ojos con odio y sé de antemano que hará todo lo posible para que Liam me odie.

— No te emociones demasiado con ella. Es tan fría como un cubito de hielo. No le entusiasma chupar un rabo.

Se toca obscenamente la entrepierna, sin haber terminado.

— Sin embargo, hay lo que hace falta.

Se burla del feroz gruñido de Liam, que lucha contra los que le retienen.

— Ni siquiera es buena teniendo hijos. No, te lo aseguro, lobo, no has tenido suerte.

Un profundo sentimiento de injusticia me oprime el corazón. El alfa acaba de asegurarse de que cualquier sentimiento que Liam pudiera haber tenido por mí haya desaparecido. Ya ni siquiera mira a Fletcher, sino a mí. Su rostro es indescifrable. Desearía estar dentro de su cabeza para saber lo que piensa, y al mismo tiempo temo lo que podría descubrir. El vínculo del alma gemela es poderoso. Seguro que puede ser odioso en lugar de amoroso. Al fin y al cabo, son dos emociones muy cercanas.

— Bien. Ahora que estamos de acuerdo en que Blood no vale más que un bicho en mi zapato, podremos hablar con calma.

Con la cabeza gacha, Liam ya no reacciona. Ya no lucha. Su docilidad no es propia de él. Pensé que era apasionado y temerario. Ahora no es más que una marioneta desarticulada. Es como si hubiera perdido todo espíritu de lucha, como si hubiera perdido su alma. Su alma gemela. Me ha perdido a mí.

— Blood, parece que al final no mentiste acerca de todo. Te daré el beneficio de la duda esta vez. Dame tu mano.

Le muestro mi palma. Mi mente está en tan mal estado como la del hombre que me ha reclamado.

— ¡Qué lástima! Tu herida ha empezado a cicatrizar. Es rápido, por cierto...

Saca un cuchillo de su bolsillo y me hace un corte profundo en la mano. Me muerdo la lengua para no darle la satisfacción de gritar. La herida es profunda. Mi sangre empieza a derramarse por el suelo, manchando las baldosas oscuras de un color escarlata. Fletcher me acerca al mapa que continúa extendido sobre la mesa. Parece que todavía quiere encontrar a Slave. Salvo que, por mucho que mi sangre resbale sobre el papel, no se forman líneas sinuosas. Nada. No aparece ningún rastro de sangre. Fletcher me aprieta la muñeca hasta magullarme la articulación.

— ¿Qué ocurre? ¿Has perdido la conexión con esa puta?

Me fusila con la mirada, como si yo tuviera la respuesta a esa pregunta. No sé por qué no funciona. Pero me siento aliviada. Mi gemela ha encontrado a alguien que realmente se preocupa por ella. Le deseo que sea feliz. Más feliz que yo.

— Maldita sea, lárgate de aquí. Necesito

pensar con la cabeza despejada, sin tocapelotas alrededor.

Me empuja y casi me caigo al suelo. Enojado, ordena a Hartcher que nos lleve a Liam y a mí a mi casa.

— Ah. Una última cosa, lobo. Intenta no matar a la niña. Después de todo, parece que es de mi sangre.

Lili. Liam va a ver a Lili. Después de todo lo que acaba de descubrir, podría ser agresivo con mi hija. Su total falta de reacción no significa nada. La ira fría puede causar más estragos que una guerra declarada. Puede que sea mi alma gemela, pero no dejaré que arremeta contra mi hija. Supongo que ese es el plan de Fletcher. Dividir para vencer. Así lo hizo con Slave y conmigo y le funcionó. Utiliza la misma técnica con Liam. Por mucho que odie al lobo por haberme mordido sin mi consentimiento, resulta que estamos atrapados juntos durante un tiempo y es probable que ese tiempo sea muy desagradable.

El camino hasta mi casa es con escolta. Rodeados de cuatro metamorfos, entre ellos Hartcher, caminamos en silencio, conmigo a la cabeza. Siento la mirada de Liam en mi nuca, dispuesto a quemarme la epidermis, mientras que los animorfos de la manada solo tienen ojos para él. Probablemente se mueren de ganas de decapitarlo, pero matarlo significa ejecutarme a mí, y Fletcher quiere mantenerme cerca. Al llegar al portón de mi casa, la beta envía un mensaje al alfa para que desbloquee la cerradura. Entro al recinto a regañadientes, con los ojos fijos en Liam. El beta encuentra la situación muy divertida.

— Intentad no mataros entre vosotros, tortolitos. Sería una lástima que la niña se quedara huérfana tan joven. Quién sabe lo que seríamos capaces de hacerle.

Inconscientemente, bajo la temperatura ambiente. No soporto que amenacen a mi hija.

— Zorra. No creas que estás a salvo. El enemigo podría estar contigo en el recinto.

Echa un último vistazo a Liam antes de darse la vuelta y marcharse, seguido por sus secuaces.

Mi estrés se dispara cuando oigo la puerta de entrada abrirse. Lili conoce las instrucciones. Mientras haya un metamorfo afuera, tiene prohibido salir. Pero Liam no está fuera de nuestra valla, sino dentro. Su carita aparece por el resquicio de la puerta.

— ¿Mamá?

Instintivamente me desplazo para ocultarla a Liam.

— Estoy aquí, cariño. Vuelve. Ahora voy.

— Vale.

Su voz tímida me confirma que sabe que algo se cuece. Sin embargo, mi prioridad es Liam. Necesito saber lo que piensa antes de dejar que se acerque a mi hija.

— ¿Liam?

Me da la espalda, la mirada fija en las alambradas, los puños apretados.

— ¡Di algo!

Se gira lentamente, con los ojos vacíos. Veo a su lobo acechando en las sombras, observándome.

— ¿No me invitas a entrar en tu casa?

Su voz, por lo general suave, es ronca, contenida. Controla sus emociones.

— Prefiero no hacerlo.

— No pienso a quedarme delante de tu casa como un perro.

Ese insulto de Fletcher no le ha caído bien. Los metamorfos son muy orgullosos.

— No te acercarás a Lili.

— Soy tu alma gemela. Es normal que me presentes a tu hija.

Ahoga la última palabra, como si le quemara la boca pronunciarla.

— Puede que seas mi alma gemela, pero ella es mi carne y mi sangre. Estoy dispuesta a todo para protegerla.

— Ya lo había entendido. Todo lo que haces, lo haces por ella. Ella es tu prioridad. Te juro que no le haré nada. Pero quiero verla.

Le escudriño en busca de cualquier señal de engaño. Sin embargo, no veo nada que me diga que miente. Tampoco puedo esperar mucho más o Lili saldrá a buscarme.

— Vale. Pero te lo advierto: al menor signo de agresividad, te congelaré las entrañas hasta que te conviertas en un charco.

Se encoge de hombros, indiferente a mi amenaza.

Entro en la casa, seguido de cerca por Liam, que sigue igual de rígido. Lili está de pie en el salón, impaciente.

— Hola, cariño.

Se tira a mis brazos como de costumbre para depositar un sonoro beso en mi mejilla.

— Te he echado de menos, mamá.

— Y yo a ti, cariño. Quería estar aquí cuando te despertaras, pero tuve una emergencia.

Entonces mira algo a mi espalda con curiosidad. Es el momento fatídico. Me doy la vuelta para poder ver las expresiones de Liam.

— Lili, te presento...

¿Un amigo? ¿Mi alma gemela? ¿Un intruso? ¿Un invitado forzado? Nada me conviene. Además, Lili no es más que una niña. No tiene por qué meterse en nuestras historias.

— Liam. Te presento a Liam.

— Hola.

Mi hija es tímida. Nunca viene nadie a casa. En todo caso, es preferible. Los miembros de los Féroce no son nada amistosos.

— Déjala en el suelo.

En lugar de eso, estrecho mis brazos alrededor de mi hija en una evidente señal de protección.

— Por favor.

Liam se mete las manos en los bolsillos para hacerme entender que no la tocará. Dejo a Lili en el suelo, pero la mantengo justo delante de mí. Liam se acerca con pasos medidos, con los ojos amarillos de su lobo en la cara. Se queda veinte centímetros de Lili y... ¿la olfatea? Olisquea a mi hija varias veces, como hizo conmigo cuando nos conocimos. Entonces la pongo detrás de mí, temerosa de lo que pueda ocurrir a continuación. No he olvidado lo que pasó en el territorio de los Ángeles Guardianes.

—Más te vale no morderla.

Me sorprende verle sonreír.

—Los metamorfos solo muerden a su alma gemela. Solo un mordico, para reclamarla. Nunca a niños.

La huele un poco más y su sonrisa se ensancha.

—Huele como tú, excepto por uno o dos matices.

Parece que eso le hace muy feliz. Estoy totalmente perdida.

Capítulo 7

Liam

Lili tiene el mismo olor floral que su madre, pero con solo un toque de lila adicional. Inconscientemente, mi corazón se llena de orgullo por mi mujer que protege a su pequeña como una verdadera loba. Pero se equivoca. Nunca haría daño a su hija y su olor a miedo me molesta. ¡Es inaceptable! No es de extrañar, considerando cómo el alfa la trata, pero inadmisible para mí y mi lobo. Es nuestra alma gemela y Lili es parte de ella, por lo tanto, indirectamente, es parte de mí. Mi rabia por la idea del progenitor masculino trata de abrirse paso en mi mente y la alejo para concentrarme en esta bonita joven de pelo tan oscuro como el de su madre.

— Hola, Lili. Me llamo Liam. Soy amigo de tu mamá.

La niña mira a la persona que lo es todo para ella, esperando su aprobación, que no tarda en llegar. Suspiro en silencio aliviado de que Blood se abra un poco a mí. Lili avanza con la manita por adelante. La sujeto con suavidad y sus dedos desaparecen por completo en mi palma. Estoy asombrado por este pequeño ser frágil e inocente al que me siento tan cercano.

— ¿Cuántos años tienes, Lili?

— Cinco años.

Cinco años. Demasiado joven para tener poderes de fatel. Blood precisa.

— Pronto seis. Su cumpleaños es en unos días.

Puedo oír el estrés en su voz. Seis años, la edad que marca la transición de niño normal al verdadero fatel. ¿Qué hará el Alfa de los Féroce cuando salga a la luz el don de Lili? Blood debe hacerse la misma pregunta.

— ¿Me enseñas tu casa, Lili?

Una vez más, la niña mira a su madre antes de aceptar. Me levanto y la sigo mientras me lleva al fondo de la pequeña casa.

— Esta es mi habitación.

Esta es una habitación pequeña con una cama individual en un rincón y una cómoda que no debe contener mucha ropa. No hay decoraciones extravagantes ni juguetes por todo el suelo, como cabría esperar. Una sencilla estantería sostiene unos cuantos libros, y un pequeño baúl de juguetes completa el conjunto. Gruño por la frustración. A los niños hay que mimarlos y está claro que este no es el caso. No me cabe duda de que mi compañera ha hecho todo lo que estaba en su mano para cubrir estas necesidades, pero sin duda Fletcher le ha puesto piedras en el camino. Aprieto los dientes para hacerle un cumplido a Lili.

— Tienes una habitación muy bonita.

Lo que es cierto. Blood ha hecho dibujos de hielo eterno en forma de animales en las paredes. Me alegra ver que hay un lobo entre ellos. La niña me sonríe antes de llevarme a la habitación de enfrente. No abre la puerta y yo miro fijamente la madera, a la espera.

— Esta es la habitación de mamá. Ningún hombre tiene derecho a entrar.

Me sorprende su reflexión.

— ¿Es verdad?

La niña asiente con la cabeza, con semblante serio.

— Hmm, hmm. Tengo que avisarle si alguien entra en su ausencia. De todos modos, nadie tiene derecho a venir a casa cuando mamá no está. Está prohibido.

— ¿Entonces te quedas sola?

Se encoge de hombros y su naricilla se mueve de forma estremecedora.

— Soy grande. Puedo cuidarme sola. Además, mamá tiene mucho trabajo.

¡Por Dios! Lili solo tiene cinco años y ya tiene reflejos de adulta. Blood le ha dado instrucciones que debe seguir mientras esté fuera. Entiendo por qué. Estoy de acuerdo con estas decisiones. Sin embargo, no acepto la vida que llevan. Esto no puede continuar. Haré todo lo que pueda para sacarlas de esta manada y darles la vida que ambas merecen.

— Tienes razón, eres grande. Pero ¿te parecerá bien que me quede contigo y con tu madre una temporada?

Su cabeza se inclina hacia la derecha, su cabello cae sobre su hombro como una cascada y su ceño se frunce.

— Pareces simpático. Pero mamá siempre dice que hay que tener cuidado con todo el mundo. Hay que preguntarle a mamá.

Me río tanto como mi lobo. Ambos estamos muy satisfechos con esta respuesta. Lili es inteligente, con un lado travieso que me conmueve.

— Lili, es la hora de la merienda.

Blood nos observa desde la cocina. Estoy seguro de que ha estado poniendo la oreja durante toda mi visita. No está lista para confiar en mí, solo para bajar la guardia. Puedo contentarme con eso por el momento. Siempre y cuando el momento no dure demasiado. Reclamar a mi alma gemela no lo es todo. También necesito estar cerca de ella. Mi animal es consciente de que eso no ocurrirá de inmediato. Sin embargo, ser consciente de ello y aceptarlo son dos cosas muy diferentes.

La pequeña suelta mi mano para correr hacia su madre y me tomo dos minutos para digerir toda la información nueva. El alfa es un capullo de primera. No es que sea una sorpresa. Ha hecho todo lo posible para provocarme. Le ha encantado decirme que Lili era suya. No obstante, aunque genéticamente sea el donante de esperma, estoy seguro de que no es más que eso. Lili no lleva su olor. Ni siquiera viene aquí porque la niña me lo habría dicho. Ni siquiera creo que Blood tuviera elección y pienso preguntárselo. A pesar de la alegría del enlace, acabo de meterme en un buen lío y, desde luego, aún no he salido del pozo. Encuentro a las dos mujeres de mi vida cuchicheando mientras devoran un pastel de chocolate. Su complicidad es evidente. Siempre han sido ellas contra el resto del mundo. Depende de mí hacerme un hueco en este dúo.

— ¿Puedo unirme a vosotras, bellas señoritas?

Blood asiente con la cabeza exactamente como su hija. Sonrío cuando veo su sorprendente parecido. Excepto los ojos. Lili tiene los ojos azules glaciares de su progenitor. Lo arreglaré arrancando los del alfa de sus órbitas. Mi lobo curva los labios en mi cabeza, totalmente de acuerdo con este punto.

— Mamá ha hecho un pastel. Está muy bueno.

La pequeña me ofrece un plato que contiene una parte del famoso bizcocho que huele de maravilla. Pero, al acercarme a la mesa, solo puedo olerlas a ellas. A mi lobo siempre le han gustado los campos de flores. Para ser un depredador, le gustan mucho los prados y las flores del campo. Dicho de otro modo, aquí está extático, preparado para aullar a la muerte para mostrar su felicidad a todo el mundo.

— ¿Qué te pasa en los ojos?

Miro fijamente a Lili sin entender realmente, alejando a mi mascota que empuja para salir. Blood responde por mí.

— Liam es como tú, un poco diferente de mí.

La repentina excitación de la niña me pilla desprevenido.

— ¿Tú también tienes garras cuando te enfadas?

Me quedo sin palabras, con la boca abierta, como un pez fuera del agua. ¡Obvio! ¿Por qué no se me ha ocurrido? Lili es híbrida: mitad metamorfo, mitad fatel.

— Sí, tengo garras.

Contengo a mi lobo para sacar solo a estas últimas, lo que requiere una concentración extrema. Las metamorfosis parciales requieren mucha energía cuando no están impulsadas por la ira, a diferencia de la transformación total.

— ¡Guau! Son más grandes que las mías.

La niña me muestra su mano, donde unas pequeñas garras afiladas han reemplazado sus uñas. Me sorprende que sea capaz de sacarlas sin el menor esfuerzo. Entonces Blood interviene.

— Ten cuidado, Lili.

Lo ha dicho sin malicia. Sin embargo, la pequeña parece triste, baja la cabeza y retrae sus pequeñas agujas.

— Perdón mamá.

¿Blood tiene aversión a la parte animal de su hija? Muestro los colmillos, indignado por esta idea. Por supuesto, ella se da cuenta y me enfría al instante. Literalmente. Las estalactitas de hielo cuelgan del extremo de mis largos colmillos. Lili se echa a reír tan fuerte que casi se cae al suelo. Le cuesta recobrar el aliento mientras se limpia los ojos.

— A mamá le encanta hacer bromas. Es muy buena.

Mis labios se estiran mientras escondo mis colmillos.

— Tienes razón. Tu madre es increíble.

Y está para comérsela, aunque guardo esta reflexión solo para mí. Terminamos de comer en silencio, y luego Blood lo recoge todo sin perderme de vista. No puedo decidir si me parece gracioso o humillante. Un poco de ambas, supongo. Como si fuera a convertirme en una bestia rabiosa dispuesta a abalanzarme sobre su hija. ¡De verdad!

— Ahora que tenemos el estómago lleno, ¿cómo pasáis vuestros días?

Lili me cuenta lo que le gusta hacer.

— Mamá me lee cuentos y yo juego con muñecas. Pero lo que más me gusta es correr y saltar en el jardín.

Normal. Los animorfos no están hechos para vivir encerrados en una casa. Necesitamos aire limpio y ejercicio físico. Así que salimos y hago caso omiso de la valla para conversar con la niña.

— ¿Te transformas para correr?

— ¿Transformarme en qué?

Lili no parece entender mi pregunta. Sin embargo, he visto sus garras. Es cierto que no siento a su bestia, pero...

— Lili no es una metamorfa. Es una fatel.

Noto una inflexión en la voz aterciopelada de mi mujer. No está segura de lo que dice. Lili es un enigma en muchos aspectos, incluso para su madre.

— Lo siento, Lili. He cometido un error. Pensaba que eras como yo, pero en realidad...

Pienso en mis palabras. No quiero ofenderla. No es anormal. Después de haber estado con Slave por un tiempo, sé el impacto que estas palabras pueden tener. Entonces sé qué decir.

— Eres única. Un tesoro que nadie ha encontrado antes, y estoy muy encantado de haberte conocido.

— ¿Un tesoro?

Arruga un poco la nariz.

— Los tesoros son chulos.

Me río ahogadamente ante su reacción.

— ¡Muy chulos!

Lili me demuestra una vez más su inteligencia.

— Entonces, ¿qué eres tú?

— Un metamorfo.

Lili retrocede y se pega a la pierna de su madre.

— No tengo derecho a hablar con los metamorfos.

Ah... por supuesto. Las advertencias de mi compañera, una y otra vez. Tendrá que cambiarlas un poco. Ante el silencio de esta última, decido hacerle algunas preguntas a la niña.

— ¿Qué sabes de los animorfos?

— Son malos. Tengo que mantenerme alejada de ellos o me harán daño.

Un excelente resumen para la manada Féroce y las hienas en general. Sin embargo, es una generalidad que me molesta profundamente.

— Algunos son malos, tienes razón. Pero también hay metamorfos simpáticos. Yo, por ejemplo, nunca te haré daño, y mi lobo tampoco.

Mira a su madre, a la espera de una confirmación. Pero ella no está segura y, por lo tanto, se niega a validar mis afirmaciones.

— Vamos a hacer un trato, Lili. Si te hago el menor daño, tu madre tendrá derecho a congelarme el culo de por vida. ¿Te parece bien?

Blood contiene una sonrisa, pero puedo ver la diversión sus bonitos ojos oscuros. Asiente ligeramente con la cabeza y Lili aplaude.

— ¡Entonces tengo un amigo! Nunca he tenido amigos.

Da saltitos. Mi corazón se hincha de amor por ella.

— Hasta tienes dos. Soy un metamorfo, Lili. Soy un hombre y un lobo.

— ¿Puedo ver al lobo? Mamá, ¿estás de acuerdo?

Mi alma gemela aprieta los labios.

— No estoy segura, cariño. Es un animal salvaje...

— Pero ha dicho que podrías congelarle el culo si me molestaba...

Oh, ese pucherito… Llevará a los hombres con mano de hierro cuando sea mayor. Su madre sonríe suavemente ante la cara de súplica de su mocosa.

— Vale. Cierra los ojos un minuto.

Por su parte, me fulmina con la mirada para hacerme saber que no lo hará. No hay problema. No soy pudoroso.

Me desnudo bajo su mirada escrutadora y me alegra constatar que poco a poco se va convirtiendo en fuego. Me alegra incluso demasiado. De repente tengo calor y mi virilidad se erige sin ninguna discreción. Después de todo, no soy más que un hombre desnudo bajo la mirada incendiaria de su mujer. Difícil permanecer impasible cuando me muero de ganas de mostrarle todo lo que me inspira. Sin embargo, una niña se impacienta.

— ¿Puedo abrir los ojos?

Entonces empiezo mi metamorfosis, dejando que mi lobo se apodere de mí. Mis huesos traquetean mientras se alargan y se colocan en su sitio. Mi nariz se alarga, mi mandíbula se modifica, paso de tener dos piernas y dos brazos a cuatro patas y mi cuerpo se cubre de un espeso pelaje. Blood no dice nada. Se queda ahí, sin moverse. Así que me acerco a Lili para lamerle la mano. La niña abre los párpados y sus ojos son una paleta de emociones increíbles. La fascinación, la curiosidad, la aceptación. Todo lo que esperaba encontrar y mucho más. Suelta el muslo de su madre para pasarme las manos por el pelo. Incluso acaba colgándose de mi cuello, encantando a mi lobo que se tumba para facilitarle las cosas. Pronto me encuentro con una niña en la espalda que me toma por un caballo, bajo la atenta supervisión de su hermosa madre que desprende un olor tentador. Tengo ganas de frotarme contra ella para llevar su perfume sobre mí, excepto que un aroma más nauseabundo asalta mis fosas nasales. Me levanto bruscamente, sin apenas tiempo para pensar. Lili se encuentra del culo a mi lado, con los ojos muy abiertos. Entonces le gruño y muestro los colmillos. Como era de esperar, Blood la agarra por debajo de los brazos para ponerla de nuevo en pie y la lleva hacia la casa, ordenándole que entre mientras se interpone entre nosotros.

Capítulo 8

Blood

No entiendo nada. Liam, o más bien su lobo, parecía apreciar la atención de Lili, pero de repente se puso furioso. He intervenido de inmediato y me he posicionado para atacar. Si quiere hacer una demostración de fuerza, los dos podemos jugar a este juego.

— Vaya, vaya, vaya.

La voz de Hartcher no me tranquiliza. Lo veo aparecer al final del camino, con una sonrisa.

— Parece que no habrá luna de miel.

Oculto mi confusión tras una fachada agresiva.

— ¿Qué tiene que ver eso contigo?

— Tranquila, Blood. Podría ayudarte si me lo pides amablemente.

Liam sigue gruñendo y el sonido hace vibrar su abdomen. Su pelo se eriza sobre su espalda en una cresta gris y sus colmillos son claramente visibles tras la baba que corre por el suelo. Pero no sé si gruñe contra mí o contra el beta. Ni siquiera estoy segura de que haya querido atacar a Lili. Gracias a su reacción, he podido hacer entrar a mi hija antes de que llegue la hiena. Tengo la extraña sensación de que lo ha hecho a propósito, para que tuviera tiempo de ponerla a salvo.

— No necesito ayuda. Puedo hacer papilla a un lobo.

— Tal vez sí. Pero morirías a la vez que él. Imagina todo lo que podría pasarle a tu cría sin ti.

Siempre la misma amenaza. Liam chasquea los dientes varias veces y el ruido llega hasta mi médula espinal. Una vez más, su reacción es ambigua. ¿Es para que no le haga daño, o porque la idea de que la emprendan con Lili le inquieta? Ante la duda, le congelo un poco la punta de las patas. Esto me hace ganar una mirada negra más profunda. Gira la cabeza un poco más hacia mí, y los hermosos ojos chocolate con destellos verdes de Liam hacen una breve aparición. Excepto que no hay malicia hacia mí en sus pupilas. Me está enviando un mensaje. Me tambaleo un poco al darme cuenta de que ya no estoy sola en la lucha por la supervivencia de Lili. Hartcher malinterpreta mi pérdida de equilibrio.

— Parece que has encontrado un adversario que te asusta, Blood.

No lo contradigo. Aunque no entiendo la lógica de mi alma gemela, seguro que tiene una razón para actuar así y no pienso cuestionárselo en público. El beta puede imaginar lo que quiera.

— ¿Quieres acurrucarte detrás de mí para que te proteja del gran lobo malo?

Liam no reacciona ante la evidente provocación de Hartcher. Muestra un autocontrol inconmensurable. Fletcher se equivocó con él. Pensó que era maleable. Mi lobo es cualquier cosa, menos impulsivo. Mejor seguirle la corriente.

— Prefiero enfrentarme a dos bestias peludas que acercarme a ti.

Juraría que el lobo de Liam se ha reído. Oculta su risa tras un estornudo antes de volver a posarse firmemente sobre sus patas, listo para abalanzarse a la primera señal de movimiento. La cara del beta se cierra, todo el humor desaparece.

— Fletcher te ha hecho llamar.

— El móvil no ha sonado.

A Hartcher no le gusta que le contradigan. Aprieta los puños y su mirada se endurece.

— Me ha enviado para comprobar vuestro... entendimiento.

Significado: ¿Podría Liam ayudarme o el alfa podrá utilizarlo? Mientras pienso esto, me doy cuenta de que Liam ha seguido la misma línea de pensamiento, pero con varias horas de antelación. Por eso su comportamiento ha cambiado drásticamente al acercarse la hiena. No quiere revelar lo que realmente piensa. Espero no equivocarme. Es necesario.

— No dejo a Lili con él.

Señalo a Liam con un movimiento de cabeza. Aunque no lo conozco lo suficiente, sé a ciencia cierta que todo irá bien. Sin embargo, Liam no quiere que los Féroce lo sepan y estoy de acuerdo con él. Eso podría ser peligroso para nosotros.

— No tienes elección, Blood. Y date prisa. Te recuerdo que Fletcher no es famoso por su paciencia.

Sacudo la cabeza negativamente. Sé que tengo poco tiempo, pero si me dejo convencer con demasiada facilidad, no será creíble.

— ¿Prefieres que Lili nos acompañe?

— ¡NO!

Mierda. Demasiado vehemente. Hago todo lo posible para que la manada no se acerque a Lili. Nadie conoce su particularidad, ni siquiera Fletcher. No la ha visto desde que nació. Lo olió ese día, dijo que no era una metamorfa, y desde entonces ha estado esperando que esté en posesión de sus poderes.

— Voy a congelar al lobo antes de seguirte.

Hartcher entrecierra los ojos, con su perfidia de hiena en los iris.

— Date prisa.

Liam comienza a retroceder hacia la casa, un movimiento complicado para un lobo, incluso más que para un hombre. Da un violento golpe en la puerta con las patas traseras y se abre golpeando la pared. Dejo la puerta abierta. Necesito un testigo. La puesta en escena debe ser irrefutable.

— No te muevas.

Liam se detiene en el salón, frente a mí.

— No le harás daño a Lili. No irás más lejos.

Rezo para no equivocarme y atrapo las patas del lobo en cuatro bloques de hielo. El animal chilla con pena, sin embargo, no hay rastro de miedo en su mirada inflexible. Me voy con el corazón en la boca. Sé que el frío le duele. Nadie, excepto yo, puede ser insensible a un frío de fatel. Se agarra como una lámina de hojalata. Me apresuro a invertir discretamente el proceso en cuanto cierro la puerta tras de mí. El lobo sigue gimoteando mucho después de que yo haya abandonado el recinto para satisfacción del beta. Este ha sido siempre el lema de los Féroce: divide y vencerás.

El trayecto hasta la casa del alfa nunca me había parecido tan largo. Tal vez sea porque estoy deseando de terminar con esto para volver a casa lo antes posible. Mi impaciencia no pasa desapercibida, evidentemente. Fletcher se frota las manos.

— ¿Algún problema, Blood?

Odio que me rodee como un depredador. Sin embargo, debo ser cautelosa. Los metamorfos huelen la mentira.

— No me gusta dejar a mi hija sola.

— No lo está.

— No conozco al lobo.

— Es tu alma gemela.

Hay mucho desprecio en esas palabras. Fletcher no cree en el concepto de alma gemela. No más que yo antes de ver a mi hermana con su compañero. Por otro lado, siento la conexión entre Liam y yo, no se puede negar.

— Aun así, no lo conozco.

Fletcher me mira un poco más antes de ceder.

— Bien. Siéntate.

Lo hago sin discutir, con la esperanza de que esto acorte la entrevista.

— Quiero que consigas información para mí.

Una nueva misión. Una vez más voy a maltratar a un desconocido dejando atrás mi conciencia.

— ¿De quién?

— Del lobo.

Giro bruscamente la cabeza, pensando que he entendido mal.

— Los Ángeles Guardianes han movido a Slave. Todos se han mudado sin dejar una dirección, por así decirlo. Quiero saber dónde y cómo ocultan a tu gemela de ti.

— ¿Qué importa?

Fletcher me agarra el pelo y tira de mi cabeza hacia atrás.

— ¿Desde cuándo cuestionas mis órdenes? Solo tienes que seguirlas. ¡Me parece que no es tan complicado!

Hago una mueca de dolor al sentir que las raíces se desprenden de mi cuero cabelludo.

— Lo siento, alfa.

Se inclina sobre mí, acercando su nariz a la mía.

— No te confíes, Blood. Ya no eres irremplazable. Quién sabe lo que haré contigo cuando tenga a tu hermana.

Entonces ataca con la velocidad de una serpiente y hunde sus colmillos en mi cuello, chupándome la sangre con un ruido de succión repugnante. Una vez satisfecho, me suelta. Su barbilla manchada de hemoglobina me revuelve el estómago.

— Vas a interrogar al lobo. Me da igual cómo lo hagas. Puede perder un miembro si es necesario. Lo que me interesa son los resultados. Quiero respuestas y las quiero rápido.

Trago con fuerza para aclararme la garganta.

- Por supuesto, alfa. Lo haré lo mejor que pueda. Pero el lobo es desconfiando. Voy a necesitar un poco de tiempo.

— Te doy tres días. Si para entonces no has descubierto nada, yo me haré cargo. No garantizo su supervivencia ni la tuya.

Hartcher se regocija con la idea de mi muerte. Aún no ha superado el día en que congelé sus pelotas. Quiere vengarse desde hace mucho tiempo. Fletcher se inclina cerca de mi oído, su aliento fétido me da náuseas.

— Te recuerdo que, si no tengo a Slave, me quedaré con Lili en su lugar.

Como siempre, no me deja elección. Retengo las lágrimas. Hace mucho tiempo que domino el arte de la ilusión.

— Conseguiré información.

— No lo dudo. Y ahora, levántate.

Lo hago con el cuerpo rígido. Fletcher se acerca a mi espalda y yo me tenso ante su contacto. Se pega a mí y noto su erección en el hueco de mis riñones.

— Tu sangre siempre me la pone dura.

Me quedo de piedra, con miedo a lo que viene a continuación. Se frota contra mí, literalmente. Sus manos recorren mi vientre como si fuéramos amantes. Pero no lo somos. Nunca lo hemos sido. Él lo sabe y eso le da aún más placer. A Fletcher le gusta que los demás sufran. Se deleita con eso. Me entierra la nariz en el pelo.

— Date la vuelta.

Me giro lentamente, temiendo lo que me espera. Él acaricia mis brazos de abajo hacia arriba con firmeza, magullando mi carne. Presiona su sexo contra mi vientre. Eso me repugna. Quiero que me suelte. No quiero que esta pesadilla vuelva a empezar. Aprieto los dientes sin darme cuenta.

— Parece que hoy no me tendré derecho a un capricho. Tendría demasiado miedo de que la mordieras sin querer.

Eso no me alivia en nada. Para él, la felación no es más que un plus. Eso no significa que vaya a detenerse ahí.

— ¿Te acuerdas de nuestras pequeñas sesiones cara a cara?

Demasiado claro, sí. Todavía tengo pesadillas.

— Lástima que estés tan vacía como un globo. Follarte para nada no tiene el mismo atractivo.

Sigue haciéndome daño.

— Quiero un ejército, Blood. Asegúrate de satisfacerme. ¿Está claro?

Mi voz tiembla cuando le respondo.

— Sí.

— Bien. Buena chica.

Me pellizca el trasero por última vez antes de liberarme.

— Vuelve a casa y ponte a trabajar.

No hago que me lo repita. Camino tan rápido como puedo hacia la salida.

—Ah ¿Blood?

Me detengo cuando me muero de ganas de huir corriendo.

— Cuidado con el lobo. Es probable que se enfade aún más que antes.

Asiento sin pedir ayuda. No sé por qué me lo dice y no me importa. Solo quiero alejarme de él lo más rápido posible.

— A menos que haya degollado a la niña para calmarse.

Me tropiezo en el umbral de la puerta, con el estómago revuelto.

Capítulo 9

Liam

Mi compañera es inteligente. Aunque mi reacción agresiva hacia su hija primero la sorprendió y luego la puso en alerta, pronto se dio cuenta de que solo estaba actuando. Bueno, supongo. Al principio tuve una duda al sentir el hielo en mis almohadillas, pero el dolor y el frío desaparecieron en cuanto la puerta se cerró tras mi mujer. Nunca me habría liberado si no hubiera confiara en mí. Ahora lo más difícil es pedirle perdón a Lili, que ha debido de tener miedo. Llamo a su puerta con suavidad y espero. Sé que está aquí, puedo olerla a través del tabique. Finalmente, asoma la nariz, con una sonrisa en los labios.

— Hola.

— ¿Mamá se ha ido a trabajar?

Gruño en voz baja. No se trata de trabajo, sino de chantaje, estoy convencido de ello.

— Sí.

— ¿Quieres jugar conmigo?

— Por supuesto.

Entro en su habitación con prudencia.

— ¿No me tienes miedo?

Sus cejas se fruncen tanto como su pequeña nariz de trompeta.

— No. ¿Por qué?

— Mi lobo te ha tirado y ha gruñido.

— Los lobos gruñen. Es normal. Yo también lo hago a veces. Cuando estoy enfadada. Mamá dice que tengo que aprender a controlarme. Tú también tienes que aprender.

Me río a carcajadas ante tanta inocencia. Blood ha hecho un gran trabajo protegiendo a su hija del mundo exterior.

— Tienes razón, tengo que aprender. No es fácil.

— Lo sé. A veces no lo consigo. Mamá se enfada porque estropeo los muebles.

La curiosidad prevalece sobre la prudencia. Quiero ver el prodigio que representa esta niña. No hay duda de que la manada de Ángeles Guardianes pronto dará la bienvenida a pequeños híbridos. Connor nunca ha ocultado su deseo de ser padre y Sean también debe pensar en ello desde que encontró a Ashley.

— Muéstrame cómo eres cuando estás enfadada.

Sacude la cabeza y se sienta en la cama.

— Mamá me ha prohibido enseñárselo a extraños.

Obedece a su madre, no puedo culparla.

— Tienes razón. Pero tu mamá me ha dejado contigo. Soy su amigo y el tuyo también. Puedes ser conmigo como lo eres con tu madre.

Se toma un tiempo para pensar.

— Vale.

Se levanta y se coloca en medio de la habitación, lejos de todos los objetos. Es cautelosa. Ha aprendido de sus errores. Se concentra apenas un segundo antes de dedicarme una sonrisa cuando menos carnívora. Cuatro colmillos enormes para una boca tan pequeña han ocupado el lugar de sus caninos. Sus ojos ya no son azules, sino casi negros. No se distinguen ni el iris ni la pupila y el blanco casi ha desaparecido. Incluso su pelo ha cambiado, ahora es de un tono más claro con algunos mechones castaños originales. Por último, las garras que ya había visto han vuelto a aparecer, tan afiladas como las mías. Lili es la mezcla perfecta de lo humano y lo animal. Estoy impresionado. Solo le falta el instinto salvaje. No lleva dentro el espíritu de una hiena. En seguida, vuelve a tomar la apariencia de una niña cuando oye la puerta de entrada.

— ¿Lili?

Blood entra apresuradamente en la habitación y le gruño inmediatamente. Mi compañera me rodea desde lejos y agarra a su hija para estrecharla.

— Lo siento, Liam. No quería hacerte daño...

— No me importa tu ataque helado.

Ese es el último de mis problemas. Está claro que esto no es lo que nos enfurece a mí y a mi lobo.

— ¿Entonces por qué me enseñas los colmillos?

— ¿Podrías ir a lavarte?

— ¿Cómo?

— ¡Apestas a hiena!

El miedo, también. Sin embargo, Lili está presente y me niego a que se preocupe por su madre. Los niños son como esponjas, sienten todas las emociones multiplicadas por cien.

— No ha pasado nada, Liam.

— No lo dudo. Fletcher es...

Un idiota manipulador. Lo comprendí en cuanto lo vi. Quiere sembrar la discordia entre nosotros. Que yo sea el alma gemela de Blood es como una piedra en su zapato: una molestia que no había previsto. Pero hay oídos inocentes que escuchan. No es el momento de tener esta conversación. Pronto, pero no ahora.

— Solo necesito que te quites su hedor. Tira la ropa también.

— ¡Ni hablar! No puedo permitírmelo.

No hace falta decir por qué. Encima este gilipollas es un tacaño. Blood no es más que un objeto para él.

— Entonces lávala bien. Dos veces si es posible. Es tan insoportable para mí y para mi lobo.

Mi mujer observa a su hija y luego a mí. No puede reprocharme nada. He pasado un buen rato con Lili. La niña está bien, no la he maltratado. Termino de convencerla.

— Lili y yo vamos a hacer algo de comer.

Respira antes de aceptar. No está acostumbrada a que alguien se haga cargo de su hija. Tendrá que acostumbrarse. Al marcarla como mía, también he adoptado a esta niñita.

Abro la nevera y me sorprende encontrar muy poca carne. Sin embargo, hay una gran variedad de verduras y toda una colección de bocadillos preparados. Nada muy inspirador para un carnívoro de mi tamaño. Habrá que ponerle remedio.

— ¿Qué quieres comer, Lili?

— ¡Bistec!

Empieza a salivar, lo que me hace sonreír.

— Pero mamá no lo comerá.

— ¿No come carne roja?

— No. Nada de carne. Dice que no le gusta ver la sangre cuando la cocina, que le quita el apetito.

Vaya. Una vegetariana alérgica a la sangre. Lo lleva mal con mi lobo. En cuanto a Lili, no debe ser fácil tampoco. Las metamorfosis, incluso parciales, consumen energía y requieren un aporte proteínico suficiente.

— Entonces bistec para nosotros y ensalada mixta para mamá. ¿Qué te parece?

— Perfecto.

Enciendo la plancha para cocinar la carne antes de coger las verduras, pero Lili se me ha adelantado. Con un cuchillo en la mano, corta los pimientos como una auténtica chef.

— ¡Guau! ¡Se te da bien! ¡Ten cuidado de todos modos!

— Me gusta ayudar a mamá cuando está aquí. No tengo derecho a tocar el cuchillo en su ausencia.

De ahí el montón de bocadillos. Se asegura de que, independientemente de la duración de su ausencia, Lili pueda comer sin que nadie tenga que venir.

— Huele muy bien por aquí.

Había notado el olor de Blood mucho antes de que llegara, pero quería darle tiempo para que disfrutara de mi presencia con su hija. Estoy convencido de que mi nuestro futuro depende en gran medida de mi relación con la pequeña.

— Te hemos preparado una ensalada con pimientos, maíz, huevos y también hilos blancos.

— Soja, Lili.

— Eso es lo que he dicho.

Miro a mi mujer y estallamos en una hermosa carcajada. La comida se lleva a cabo en un ambiente agradable, aunque mi alma gemela tiende a pasar a un segundo plano para dejar que Lili se exprese. ¿Quién hubiera pensado que una niña que nunca sale tendría tanto que decir? Lili está llena de sueños. Blood no la deja ver la televisión, lo que ha valido una mirada fulminante cuando he sacado el tema, pero los libros le han abierto la mente al mundo y espera descubrirlo. Tiene muchas ganas de aprender y de conocer gente. Lili necesita contacto. Aunque no posee el animal, Lili es una hiena y estos felinos viven en manadas. Debe ser difícil, especialmente para una niña tan pequeña, estar sola tan a menudo. Es incluso sorprendente que esté tan equilibrada. De repente me entran ganas de llevarla a correr por el bosque. Quiero mostrarle todas sus habilidades. ¿Tal vez tiene un olfato muy desarrollado? ¿Un oído fuera de lo común? No me sorprendería demasiado. Antes oyó a su madre venir desde lejos. Se me encoge el corazón al pensar que podría hacer por Lili lo que no logré hacer por mi hermana: salvarla. No cometeré el mismo error dos veces. No permitiré que un alfa tiránico destroce a una bella persona. Pertenezco a los Ángeles Guardianes, nunca más me quedaré mirando lo inevitable, lo inaceptable, sin intervenir.

— ¿Algún problema, Liam?

Blood me mira fijamente mientras se remueve en la silla y se masajea las sienes. Resoplo mentalmente. Mi visión más aguda me dice que me he perdido en mis recuerdos y he sacado mi lobo a la superficie Unas cuantas respiraciones profundas después, mi animal se retira, aunque no pierde de vista a nuestra compañera. Es evidente que está preocupado. Ha sentido algo. Algo nuevo que aún se me escapa y parece importante.

— ¿Te duele la cabeza?

Blood sigue pasando las yemas do sus dedos por cada lado de su cabeza con suaves movimientos circulares.

— Hmm. No es nada.

Echa un vistazo a Lili. De nuevo, su principal preocupación. Aunque le duela, no lo dirá delante de su hija.

— Lili, ¿a qué hora te vas a la cama? Ya es tarde.

Ese pucherito con el labio... Es tan mona. Y esa vocecita no se queda atrás.

— ¿Seguirás aquí mañana?

— ¿Te gustaría?

— Eres simpático, y te pareces un poco a mí.

Mi amiga del alma aprieta los labios en una fina línea. Es cierto que resulta bastante molesto para ella, que lo da todo por su hija, descubrir que la pequeña se identifica con un desconocido. Sin embargo, esto no durará. Pronto, Lili también será fatel. En cualquier caso, es una posibilidad que hay que tener en cuenta.

— Seguiré aquí mañana si puedo.

No puedo afirmarlo con certeza. Me niego a mentirle y no todo depende de mí, lo que ella parece entender. Salta de su silla, le da un beso a su madre en la mejilla y luego se marcha a su habitación.

— Buenas noches. Espero que sigamos estando los tres mañana por la mañana.

Espero a que la puerta esté cerrada y Lili en la cama antes de acercarme a Blood para cogerle la mano.

— ¿Qué ocurre?

— Nada.

Normal. Es independiente y solitaria. Tendrá que aprender a estar en pareja.

— Confía en mí. Puedes apoyarte en mí.

Sopesa los pros y los contras antes de capitular.

— Siento una presión en el cráneo. Como si alguien intentara entrar por la fuerza.

Sacude la cabeza en señal de autorreproche.

— Tonterías. Me estoy volviendo loca.

No, en absoluto. Mi lobo es muy listo. Ha comprendido antes que yo lo que estaba pasando.

— Te esfuerzas por ocultar lo que piensas lo mejor que puedes. Es necesario con los Féroce, pero ahora tienes que dejarte llevar.

— ¡¡¡No!!!

— Es importante, cariño. Confía en mí.

Se resiste, lo veo. Sin embargo, tengo un argumento sorprendente.

— Por la libertad de Lili, tienes que dejarte llevar.

Percibo el momento exacto en que capitula. Un pequeño brillo en sus hermosos ojos oscuros se desvanece y su boca se abre en una perfecta O.

— Pero qué...

Capítulo 10

Slave

Tengo una hermana. Una gemela. La pieza que durante toda mi vida he sentido que faltaba en mi alma y que ni siquiera Greg ha podido llenar. Pero la acabo de conocer y ya se ha ido. Ha desaparecido. En cuanto cruzó la puerta con Liam, la manada se puso en marcha y todos abandonaron el territorio en menos de una hora. Sevana ha presentido un peligro. Un gran peligro. Es una profetisa poderosa. Ningún Ángel Guardian ha cuestionado su visión. Nos ha asegurado que, sin este subterfugio, muchos miembros de la manada habrían perdido la vida. Muertes innecesarias en una lucha desigual. Así que con el corazón encogido me dirijo con los demás hacia el territorio de los Treat, la manada natal de Greg. Incluso en sus brazos, siento un dolor punzante en el pecho. Echo de menos a Blood. Blood... ¡qué nombre tan horrible! Su vida no debe haber sido más fácil que la mía. Salvo que yo encontré una salida, gracias a los Guardianes, mientras ella vuelve a su infierno personal. ¿Por qué? ¿Por qué colabora con los disidentes? ¿A quién protege? Alguien que obviamente le importa mucho. Sin duda, no es su alma gemela, ya que es de Liam. ¡No puedo creer la forma en que la ha marcado! Sin su consentimiento, sin dulzura, sin tacto. Sé por qué ha actuado así. No es menos doloroso en comparación con mi propia reclamación, hecha con amor y respeto mutuo.

— Todo va a salir bien, cariño. Vamos a traer a tu hermana a casa.

Greg. Mi apoyo incondicional. No sé qué haría sin él. Me aferro a sus brazos como si mi vida dependiera de ello. En cierto modo, así es.

— ¿Pero a qué precio? Quiero a mi hermana cerca de mí más que nada. Quiero conocer a esa gemela que me ha faltado toda mi vida. Sin embargo, sé lo que eso significa. Sevana es formal.

Mi alma gemela me besa la cabeza y me abraza por la cintura.

— Ganaremos. Te lo prometo.

Ese es el precio de mi insensatez. Me corté la mano para seguir las absurdas órdenes de Finn. Con eso he conseguido que nos busque una manada rebelde aún más pérfida que los Tank, una manda que tiene a mi hermana, pero también a Liam. Ahora va a estallar una guerra, y no todo el mundo saldrá indemne. Miro sus rostros oscuros. Cada uno de estos hombres y mujeres tienen un pasado turbio. Greg me explicó que la mayoría de ellos se unieron a la causa más que la manada, todos por diferentes razones, todos debido a una experiencia particular que los cambió irrevocablemente. Siento que ahora soy la causa de su tormento. Habían encontrado un equilibrio y mi llegada puso sus vidas patas arriba.

— Piensas demasiado, cielo. Si algunas personas se estremecen, es porque envías tus pensamientos a todo el mundo.

¡Maldita telepatía! Este poder es una maldición. Mis pensamientos ya no son privados. Esto me hace pensar que no es el único cambio que he heredado del vínculo de unión. Puedo cambiar la apariencia de cualquiera. Difícil de comprender. Yo, que acababa de hacerme a la idea de que podía ser cualquier animal, también puedo cambiar la apariencia de quien quiera. Pero esto no carece de consecuencias. Enseguida me he sentí agotada, como una batería descargada. Sin la intervención de Sam, probablemente estaría profundamente dormida durante muchas horas. En su lugar, estoy en este avión lleno de gente de la que no sé nada y que, a priori, está dispuesta a dar la vida por mí. Mi único consuelo es que la pareja alfa me ha asegurado que mi sangre ya no podía utilizarse como GPS. Resulta que mi vínculo con Greg ha cambiado eso. Blood y yo seguimos teniendo un vínculo irrompible, cuando una resulta herida también lo está la otra, pero los disidentes ya no pueden utilizar a Blood para encontrarme. Es a la vez triste y reconfortante. Esto nos dará tiempo para organizarnos antes de una confrontación que es inevitable. Al final, me duermo con un cariñoso abrazo de mi compañero.

Parpadeo ante el susurro de palabras dulces en mi oído.

— Despierta, cariño. Hemos llegado. Abre tus preciosos ojos por mí.

Mis párpados se abren bajo la mirada incandescente de mi hombre. A pesar de nuestra noche juntos, no parece saciado. Oigo risitas a nuestro alrededor que acaban en tos incómoda cuando Greg responde a una pregunta que yo ni siquiera he formulado.

— Siempre me harás salivar, cariño.

Me sonrojo hasta las orejas, comprendiendo que, una vez más, he pensado demasiado alto.

— Vas a tener que aprender a controlar ese poder. No quiero saber a qué quieres jugar con tu bola de pelo.

Sam me mira con una sonrisa en los labios. Me cae muy bien esta pequeña pelirroja traviesa de carácter picante. Es difícil imaginar que una persona tan pequeña ostente el poder más aterrador que he visto nunca.

— Gracias por el cumplido. ¿Quieres que te enseñe el territorio de los Treat?

Echo un vistazo a Greg que está entretenido con su antiguo alfa.

— Los hombres van a elaborar un plan, o al menos un borrador.

Greg, que soñaba con unirse a los Guardianes como teniente, por fin parece que le toman en serio. Me alegro por él. Prefiero dejarle vía libre. Y también, con Sam, estoy a salvo.

— Te seguiré en un minuto. Asiente con la cabeza y se reúne con Nate, su compañero, mientras yo voy a ver a Greg.

— Sam me va a enseñar el lugar.

Roza sus labios sobre los míos como una caricia y yo gimo de frustración. Es demasiado poco para satisfacerme, pero estamos demasiado rodeados para tener más a pesar de mi imaginación desbordante. Sam me lo confirma de la peor de las maneras.

— ¡Slave, veo demasiado!

— ¡Mierda!

Greg se ríe mientras me besa más profundamente, mezclando su lengua con la mía.

— Te veré luego en mi casa. Sam te llevará allí.

— Vale. Hasta luego.

Camino junto a la pelirroja en un cómodo silencio que me permite aprehender este nuevo entorno. La manada Treat es diferente a la de los Guardianes en varios aspectos. Para empezar, el territorio no es un bosque, aunque está arbolado. Además, las casas están menos espaciadas. Hay menos privacidad y lamento la ausencia de terraza.

— Estás muy callada.

— ¿No oías nada?

— No. Tu mente está cerrada por el momento.

— Estaba comparando este territorio con el de los Guardianes.

— ¿Y tu conclusión?

— Son muy diferentes.

— Es verdad. A Peter le gusta estar cerca de sus miembros. Hizo construir los edificios con esta perspectiva. Sin embargo, los metamorfos a los que les gusta estar solos pueden pedir una casa alejada del grupo. Es el caso de la mía y la de Ashley, que quería estar cerca de mí.

— Me acuerdo. Me dijiste que no eras muy sociable.

Se ríe mientras se coloca un mechón de pelo rojo detrás de la oreja.

— Notarás que estoy esforzándome. Sin embargo, tengo mis preferencias. Supongo que es como todo el mundo. Es solo que, donde otros se reprimirían a la hora de expresar sus sentimientos, yo reviento narices o cuelgo a un leopardo de un árbol.

No puedo evitar estallar de risa ante este recuerdo. Pobre Greg. Lo encontré boca abajo, incapaz de liberarse de la liana que le sujetaba los pies. Sin embargo, mi sonrisa se desvanece rápidamente. Me pregunto cómo es Blood. ¿Es como yo? ¿Pacífica y un poco perdida? ¿O como Sam, herida para siempre por los disidentes?

— Te estás volviendo sombría otra vez, Slave.

— Estoy preocupada por mi hermana. Ha estado prisionera desde que nació, igual que yo.

Sam se sienta frente a una pequeña casa completamente aislada, escondida en un bosquecillo.

— Lo comprendo. Blood puede ser como tú. Aunque que tu vida no ha sido fácil, estar con los Tank te ha dado cierta seguridad. No le guardabas rencor al alfa porque lo veías como tu salvador.

— Pero era solo una ilusión.

— Ahora lo sabes. Pero antes, te contentabas con tu vida.

— ¿Crees que Blood los ayuda con conocimiento de causa? ¿Porque le hacen creer que todo lo que hace es por su bien?

Sam no me contesta de inmediato.

— Creo que Blood trabaja con ellos. Pero no estoy segura de que lo haga de buena gana. Dijo que, si no la seguías, alguien moriría. Era sincera. También he visto remordimiento en sus ojos. Era consciente de que, al llevarte, te condenaba a una vida de sufrimiento.

— Sin embargo, estaba dispuesta a hacerlo.

Esta constatación me duele. Mi propia hermana estaba dispuesta a traicionarme en beneficio de los rebeldes.

— No lo culpes, Slave. Sinceramente, creo que está atrapada. La están chantajeando, de una forma u otra. Los Tank funcionaban así. Me usaban a mí y a mi hermana para doblegar a mis padres. Incluso con Ashley, la amenazaban con hacerme daño si no se quedaba tranquila. Los disidentes son así. Utilizan la más mínima falla, la más mínima debilidad, para salirse con la suya.

— Espero no haber cometido un error al quedarme con los Guardianes. Si ha perdido a la persona que protegía, a Blood no le queda nada. Y si decide que ya no tiene motivos para luchar o seguir con vida, entonces está perdida.

Sam sacude la cabeza y me da un golpe en el hombro.

— No seas derrotista. La pesimista del grupo soy yo. En lugar de eso, piensa que ya no está sola. Liam está con ella. Les guste o no a los disidentes, no pueden separarlos. Las almas gemelas no pueden vivir la una sin la otra. Es así. Están unidos de por vida, para bien y para mal.

— Esperemos que no sea para mal.

La voz de Sevana me sobresalta. No la he oído llegar y no esperaba verla ahora. Es la hembra alfa y una profetisa. Los metamorfos dominantes la necesitan para elaborar un plan de acción viable.

— No me miréis así y hacedme un huequecito en el escalón. Estoy exhausta.

Sus mejillas adquieren un precioso color melocotón y su espalda se endereza cuando me muevo.

— Gracias por el empujoncito, Sam. Lo necesitaba.

— No hay de qué. Por eso estoy aquí. Una fuente de energía inagotable. ¿Necesitabas algo más o vas a volver con Connor enseguida?

Deja escapar un suspiro que parte el alma.

— Inútil. No puedo hacer nada para ayudarlos.

— ¿No tienes visiones?

Sacude la cabeza, destrozada.

— Bueno, sí, tengo. Nunca había tenido tantas. El futuro es demasiado fluctuante. Veo decenas de escenarios para cada uno de nosotros. Cada nueva idea, cada hipótesis, desencadena varios a la vez. Mi mente es un caos. Al final, toda esta mezcla. Es imposible predecir lo que nos ocurrirá.

No me extraña que esté tan agotada.

— Me preguntaba cómo era posible que a los de Fatel les pillaran desprevenidos y no pudieran intervenir. ¿Crees que ocurrió lo mismo hace 25 años?

La hembra alfa se encoge de hombros y se sienta en el suelo.

— Es muy posible. Por lo que sabemos, todas las profetisas fueron exterminadas al mismo tiempo. Como te acabo de decir, cuando hay demasiada gente involucrada, todo se confunde. No vemos nada. Los lugares, las personas, los acontecimientos se entrelazan sin ningún sentido lógico. Luego fue fácil para los rebeldes eliminar a los fatels restantes.

En ese momento, mi estómago ruge sin discreción.

— Es tarde. Deberíamos ir a comer.

— Espera. ¿No puedes decirme nada de mi hermana? ¿No has visto nada especial sobre ella?

Sevana me pone la mano en el antebrazo y me lo aprieta suavemente.

— La verdad es que no. Solo sé que vosotras dos sois la solución. Era más una sensación que una visión. Tenía que vincularse a Liam, pero no sé por qué. Lamento haber tenido que obligarles a sellar el vínculo tan violentamente, pero era esencial.

— Vale. Entonces me conformaré con eso.

Voy a levantarme cuando mis rodillas empiezan a tambalearse. Vuelvo a sentarme antes de tumbarme en el suelo. La siento. Mi hermana. Más cerca de mí de lo que nunca ha estado. Solo puedo susurrar.

— Blood.

Capítulo 11

Blood

Siento a mi hermana dentro de mí. Siento su presencia tan cerca que me parece que puedo tocarla con solo extender el brazo. Entonces lo oigo. Oigo mi nombre en su boca.

— *Blood.*

Le tiembla la voz. Parece tan confundida como yo. Parpadeo varias veces, con la mirada fija en Liam. Está esperando. ¿Pero esperando el qué? ¿Qué sucede realmente?

— *¿Me oyes, hermana?*

¿Oírla? ¿Realmente se puede decir esto cuando mis oídos no tienen nada que ver? Su voz resuena en mi cabeza en una letanía temblorosa.

— Estoy... ¿aquí?

¿Qué puedo decir? Esta situación es surrealista. Liam entrelaza sus dedos con los míos. Su calor me sube por el brazo hasta el bajo vientre. Me estremezco ante esa extraña sensación. No sé si me gusta o no.

— Déjala que penetre en tu mente, cariño. Es telépata. Se comunica contigo a través del pensamiento y tú puedes hacer lo mismo.

¿Telépata? No entiendo nada. Se supone que Slave se convierte en osa. Los fatels solo tienen un poder. Lo sé, soy una de ellas y lo he investigado. Bueno, tanto como he podido sin molestar a Fletcher. Aunque es cierto que no he encontrado gran cosa. Los únicos vestigios que quedan de mi pueblo están en los libros de historia, en los que la información escasea. El lobo me pone los dedos en la frente con delicadeza para alisarme las cejas.

— Responderé a todas tus preguntas después. Por ahora, habla con tu hermana. Es importante.

¿Mi hermana? ¿Qué puedo decirle? ¡Es una extranjera para mí!

— *Lo siento mucho. Si lo hubiera sabido, te habría buscado.*

Mi gemela llora en mi cabeza. Es insoportable. No es que sea insensible. Entiendo su angustia. Durante mucho tiempo he esperado ayuda externa. Simplemente, he tenido que endurecerme para sobrevivir junto a los Féroce y ahora no puedo permitirme bajar la guardia. Ya no estoy sola.

— *¿A quién proteges, Blood? Te prometo que queremos ayudarte. Los Ángeles Guardianes harán todo lo posible para encontraros.*

— *No necesito a nadie para salvar...*

Me detengo en el último momento. No, no estoy preparada para contarle esa parte de mi vida.

— *¿A quién? Dímelo.*

Somos jóvenes. Apenas 24 años. Mi hermana nunca imaginaría que tengo una hija. Eso no me hace menos madre y no estoy dispuesta a confiar la vida de Lili a desconocidos. Además, desconocidos metamorfos.

— *Somos un grupo de fatels y metamorfos, Blood. Nos protegen. Somos parte de la manada.*

Claro que sí. Yo también pertenezco a los Féroce. Al menos para la gente de fuera. Para los que voy a torturar bajo el yugo del alfa. Pero, en realidad, Fletcher siempre me ha dicho que yo no formaba parte de la manada.

— *Es diferente en la manada de los Guardianes. He encontrado a mi alma gemela, Blood. Daría su vida por mí. Seguro que Liam te ha explicado que él es la tuya. Confía en él, hermana. Los Guardianes pueden liberarte de esta vida que no elegiste.*

— *Necesito reflexionar.*

— *Lo entiendo. Yo también he necesitado tiempo. Me pondré de nuevo en contacto contigo pronto. Aguanta un poco más.*

Obligo a mi mente a alejar esta intrusión y suelto un profundo suspiro. Me duele un poco la cabeza, pero estoy contenta de no oír más voces. Solo estoy yo. Yo, y una intensa mirada marrón con destellos dorados que me mira fijamente.

—¿Qué?

Soy un poco agresiva. He sentido que alguien me leía la mente y no me ha gustado. Mis pensamientos son todo lo que me queda de privacidad. Lo único que Fletcher no ha podido violar a pesar de todos sus intentos de doblegarme. Liam levanta las manos en señal de paz.

— Tranquila, cariño. Solo quería saber qué te había dicho tu hermana. Era Slave, ¿verdad?

— Sí. ¿Cómo sabías que iba a contactarme?

— La verdad es que no lo sabía. Ha sido tu dolor de cabeza lo que me ha avisado. Todos los fatels que están vinculados a su alma gemela han desarrollado el don de la telepatía. Sin embargo, la distancia de comunicación no suele ser tan grande. Normalmente se limita a nuestro territorio.

No he escuchado el final de su explicación. Mi atención se ha detenido en: todos los fatels que están vinculados a su alma gemela. Slave me dijo que había otros fatels. La curiosidad me puede. Quiero saber más.

— ¿Cuántos fatels hay entre los Guardianes?

Liam cierra la boca. Su silencio se alarga. Me duele. Me pide que confíe en él, pero él no confía en mí. Me levanto y decido irme a la cama. Puede dormir en la mesa de la cocina, no me importa.

— No te lo tomes a mal, cariño.

Me agarra la muñeca con delicadeza. Me sujeta sin forzarme realmente. Puedo liberarme sin problemas.

— Estoy seguro de que trabajas con el alfa para tu supervivencia y la de Lili. Estamos dispuestos a todo por amor. Créeme, lo sé. Quiero asegurarme de que no pondrás en peligro a mi manada, a mi familia. A cambio, te prometo que te ayudaré a defender a Lili arriesgando mi vida. Te lo juro por nuestro vínculo.

Liam es de una sinceridad aplastante. Percibo el sufrimiento en su voz. Un sufrimiento profundo, inefable. Tiene un secreto que le corroe por dentro desde hace muchos años. Me sorprendo volviéndome hacia él y cogiéndole la mano. Aunque no tiene callos, su palma es ligeramente rugosa, lo que dista mucho de ser desagradable.

— ¿Alguna vez has arriesgado la vida por tu familia?

Liam se acerca más. Estoy cautivada por su iris. Mi respiración se acelera. Mi pecho roza sus pectorales con cada inspiración.

— No. Pero ya he visto el daño que puede hacer este tipo de sacrificio.

Evidentemente. Aún no está preparado para contarme más. Puedo contentarme con eso por el momento. Al fin y al cabo, yo también tengo una parte de mi pasado de la que no estoy dispuesta a hablar.

— Te prometo que no le hablaré a Fletcher de los otros fatels. Solo le interesa Slave. No tiene ninguna razón para buscar a otros.

— Y has aprendido a mentir. Consigues ocultar tus emociones tras un muro de pragmatismo.

Me encojo de hombros y pongo distancia entre nosotros. No pretendo disculparme por ser capaz de disimular lo que podría acarrearme castigo y sufrimiento.

— Hay tres fatels además de Slave en la manada de los Ángeles Guardianes. Todas están vinculadas a un metamorfo y su vínculo ha sido libremente consentido. Son uniones entre almas gemelas, con respeto mutuo.

— ¿El animorfo no les saltó por la espalda y les mordió sin previo aviso?

Su sonrisa burlona me revuelve las tripas. Despierta una parte de mí que no sabía que existía.

— No. Mis camaradas pidieron permiso. Todas eran libres de negarse. Se unieron a la manada por voluntad propia y tienen un lugar real en ella. Una es la hembra alfa y la otra es la hembra beta. Todo el mundo las respeta. Probablemente no lo sepas, pero la manada de los Ángeles Guardianes ha estado luchando contra los rebeldes desde su creación. No por el pueblo fatel, obviamente, ya que antes de encontrar a Sevana, no sabíamos que había supervivientes. Pero los disidentes no persiguen solo a los tuyos. Son un peligro para todos los que no piensan como ellos.

Sí. Sé bastante de eso. Fletcher me ha hecho hacer los peores trabajos en los últimos años para satisfacer su irracional ansia de poder. Los gritos de estas pobres almas atormentan mis noches, no me dejan dormir.

— Gracias.

— Tienes derecho a saberlo todo, cariño. No debo tener secretos para ti. Simplemente, la situación actual no es ideal.

Murmuro muy bajo.

— Eso es quedarse corto.

Liam lo oye, por supuesto. Su oído es mucho mejor que el mío. Él también tiene una pregunta para mí.

— ¿Qué quería el alfa?

Finjo confusión.

— ¿Cuándo?

Gruñe mientras acerca su cara a la mía. Su aliento roza mis labios. Miro su boca con ganas antes de apartar la cara.

— No juegues conmigo, cariño. Me cuesta muchísimo controlarme cuando mi lobo sueña con llevarte sobre su lomo y yo solo pienso en fundirme en ti.

Palidezco. ¿De miedo? No estoy tan segura… ¿De ganas? Evidentemente. ¿De aprensión? Por supuesto. Mi experiencia con los hombres es extremadamente limitada y catastrófica. Sin embargo, mi atracción por este lobo es innegable e intensa. Inédita también.

— Quiere saber a dónde se ha llevado tu manada a Slave y cómo la esconden.

— Ah…

¿Eso es todo? ¿Nada de gritos ni reproches? ¿Ningún grito para decirme que nunca me ayudará a capturar a mi hermana? Su risa grave llena la habitación y me acaricia la piel.

— ¡Eres tan expresiva ahora mismo!

Mi cara se cierra al mismo tiempo que mi corazón. No tengo ganas de aguantar sus burlas. Tengo suficientes razones para estar triste sin que él añada. Dice que es mi alma gemela. Debería ser mi apoyo constante.

— Me voy a la cama.

Entonces me encuentro contra su cuerpo cálido y sus brazos abrazan mi cintura de forma inflexible.

— No quería hacerte daño, cielo. Me parece gracioso que tu alfa intente interponerse entre nosotros. No sabe nada de almas gemelas.

Trago con dificultad, embriagada por su aroma masculino. Siento que pierdo el control y me apoyo en él para mantenerme en pie.

— ¿Y qué debería saber?

Liam sumerge la nariz en mi cuello antes de lamer su marca de reivindicación. Esa zona está extrañamente sensible y me pone la piel de gallina.

— El vínculo entre almas gemelas es el más poderoso de todos. Soy muy posesivo y celoso, lo que aparentemente le divierte mucho. También estoy convencido de que no tienes ninguna intención de facilitarle las cosas, o no me habrías traído aquí contigo. Inconscientemente, sabes que me necesitas y que puedes confiar en mí.

Inclino la cabeza hacia un lado para que pueda acceder mejor a mi clavícula. Me da besos castos que inflaman mis sentidos. No he sentido sus dientes ni una sola vez. Tiene razón. Si no hubiera sido él, nunca me habría arriesgado. Lo habría matado y obligado a Slave a seguirme. Sinceramente, a pesar de mi enfado, me fascinó desde el primer momento en que lo vi.

— De todos modos, no sé dónde está Slave. No me lo contaron. En cuanto a cómo la ocultan, en realidad no hacen nada. El vínculo de unión cambia los fatels. Te da nuevos poderes. Es lógico que eso se refleje en vuestra sangre.

El pánico se apodera de mi garganta.

— ¿Puedes sentirlo cuando bebes mi sangre? ¿Hay alguna diferencia para un metamorfo?

Los ojos de Liam son devorados por los ojos amarillos de su lobo. Gruñe más de lo que habla.

— ¿A qué viene esa pregunta?

No contesto. De repente tengo miedo de su rechazo. Otro hombre que no es mi compañero me ha mordido y me siento muy avergonzada. Liam abre un poco el cuello de mi camiseta y se me corta la respiración. Salvo que en lugar de enfadarse conmigo, lame la herida que ya está casi cicatrizada.

—No volverá a acercarse a ti.

Sostengo su cara entre mis manos para que pueda leer todos mis remordimientos.

— No tengo elección, Liam.

Capítulo 12

Liam

Sé que no deja que Fletcher se le acerque voluntariamente. Sin embargo, me cuesta mucho aceptarlo. Es mi compañera. Ningún otro macho tiene derecho a ponerle un dedo encima.

— Las cosas van a cambiar.

Mi mujer mira hacia otro lado. Su vergüenza es insoportable. No tiene cabida entre nosotros. Sé que no puede hacer nada contra de la voluntad del alfa. No si quiere proteger a Lili. Pero ¿por qué no se ha marchado? ¿Por qué no ha intentado huir? Obviamente, Fletcher nunca ha sido amable. Nunca le ha mentido para quedar bien con ella como hacía el torturador de Slave. Entonces, ¿por qué no se rebeló cuando apareció su poder? Es muy poderosa. Su don de hielo puede hacer mucho daño.

— ¿Por qué no has huido nunca, cariño?

— Porque no he tenido la oportunidad.

Está segura de lo que dice y quiero saber por qué. Le levanto la barbilla con el dedo índice para mirarla a los ojos.

— Explícame.

Su rostro refleja una tristeza que me hace lamentar la pregunta. La aprieto un poco más contra mí para darle fuerza y apoyo.

— Tal vez no lo sepas, pero la sangre de fatel os da fuerza mucho antes de que aparezcan nuestros poderes.

Temo comprender. Mis garras atraviesan mi piel y mis colmillos salen con rabia. Imposible resistirse a este ataque de ira. Sin embargo, intento que no se note y me trago el gruñido que amenaza con salir de mis labios. A pesar de todo, mi voz suena como un gruñido cuando hablo.

— ¿Quieres decir que te mordió desde la infancia?

— En cuanto empecé a pensar por mí misma. Debía tener cuatro o cinco años. Quería irme a vivir sola en el bosque. Fletcher me había dicho desde el principio que yo no era nada para él ni para nadie. Pensé que no podía ser peor en ningún otro sitio. Pero era demasiado ingenua. Le conté mi proyecto. Le dije que me iba de la manada para no seguir siendo una carga para él. Siempre decía que yo era una carga. Ni siquiera entendía lo que eso significaba, pero sabía que no estaba bien.

Mi compañera hace una pausa y le doy tiempo para que ponga sus ideas en orden. No tiene sentido apresurarla. Estoy dispuesto a esperar toda la noche si es necesario.

— Ese día, Fletcher me mordió por primera vez. Era solo una forma de debilitarme, para que no tuviera suficiente energía para abandonar el territorio. Sin embargo, resulta que se volvió mucho más fuerte. El poder de los fatels está latente hasta los seis años. Pero no deja de esta ahí.

Tiene sentido. Eso explica la aparición de un segundo y luego tercer poder con el vínculo de unión metamorfo. Los poderes fatels están presentes, pero latentes. El don principal aparece durante la infancia. Los otros se activan cuando la sangre se modifica por el vínculo de unión. Es muy interesante, pero no es lo que me preocupa en este momento.

— ¿Y después?

Le oigo tragar saliva con dificultad.

— Después me mordió todos los días. Eso le permitía ser el más fuerte de la manada mientras me mantenía bajo control. Solo tenía fuerzas para levantarme a comer, y luego me volvía a acostar. Me pasaba el día durmiendo.

Esta vez no contengo el gruñido que hace vibrar mi caja torácica. ¡Ha estado sufriendo físicamente desde que era una niña!

— ¿Cuánto tiempo?

No hace falta decir nada más. Ha entendido perfectamente lo que quiero saber. Esconde su rostro contra mi pecho, ahogando al mismo tiempo su respuesta.

— Hasta que nació Lili.

Es demasiado para mí. No puedo oír nada más por el momento. Mi lobo me araña desde dentro, dispuesto a matar a cualquier macho que se atreva a acercarse a esta casa. Aparto a mi compañera por miedo a hacerle daño. Ni siquiera me tomo la molestia de explicárselo. No puedo permitírmelo o mutaré por dentro y romperé todo lo que me rodea. Me acerco a la puerta, la abro y me desvisto justo antes de que mi animal tome el control. La metamorfosis nunca ha sido tan rápida ni tan dolorosa. Una transformación tan instantánea es dura para el cuerpo, que se rebela contra esta violencia. Sin embargo, mi lobo está al mando y no le importan los dolores musculares. Grita pidiendo la muerte. Grita al cielo por el sufrimiento de su compañera que le desgarra el corazón. Se planta delante del árbol más cercano para clavar sus garras en la corteza. Le pega al árbol, una y otra vez, hasta que las almohadillas de sus patas están ensangrentadas. Cuando las garras ya no son suficientes, añade su boca, y el sabor de la madera invade nuestro paladar. Tarda media hora en volver en sí. Agotado física y moralmente, se retira y me deja allí, afuera, en medio de la noche, desnudo como un gusano y con las manos ensangrentadas. Esta noche no podía ser peor.

— Vaya, vaya, vaya. ¿El lobo feroz está enfadado?

En realidad, sí. Aún no había llegado a lo peor, pero Hartcher sin duda lo remediará. No le presto atención y me pongo los pantalones dándole la espalda, dejando claro que no le temo. El mensaje no le gusta. Oigo sus dientes chasquear en el aire en un ruido seco que resuena en el silencio nocturno.

— ¿Qué haces aquí?

— Nada especial. Digamos que no eres muy discreto cuando te enfadas. He venido a ver con quién te peleabas. Confieso que estoy un poco decepcionado. Pensaba que encontraría a la niña en pedazos, pero has preferido masacrar ese árbol. Estoy dubitativo.

Una palabra demasiado culta para esta hiena estúpida. Aun así, no lo contradigo. Es genial que piense que no acepto a Lili. En su delirio de control, eso juega a mi favor. Mientras piense que estoy en conflicto con Blood, no nos separarán. Al contrario, confían en nuestras disputas para lograr su objetivo.

— ¿Tu compañera sigue de una sola pieza?

Antes noté que se interesaba demasiado por mi mujer. No me gusta la atención que le presta este macho.

— No es asunto tuyo.

Se ríe entre dientes mientras lanza una piedra.

— Un dominante como tú debería ser capaz de controlarla. Puedo darte consejos sobre cómo tratar con ella si quieres.

Ahora soy yo el que se ríe a carcajadas.

— No eres rival para ella. Te convertiría en un iceberg con un chasquido de dedos antes incluso de que tuvieras tiempo de bajarte los pantalones.

Tiene los labios curvados y me mira con expresión maligna.

— Estoy deseando verte morir. Tu fin está cerca, chucho.

Se marcha orgulloso de su insulto. Pobre. Casi le compadezco por tener el coeficiente intelectual de una ostra. Siempre será el eterno segundón. Sin embargo, me he quedado con un dato importante. Parece que el alfa ha programado mi muerte. Queda por ver si ocurrirá en cuanto Blood le haya dado la información que espera, o si esperará a verificarla antes de exterminarnos a mí y a mi compañera.

El aire fresco de esta noche sin luna me permite recuperar la compostura. Hay tantas preguntas y resentimientos que se arremolinan en mi cabeza. ¿Y si Blood no hubiera sido tan fuerte? ¿Habría elegido la misma solución que mi hermana para poner fin a su calvario? ¿Qué habría sido de mí si ella hubiera desaparecido antes de conocerla? ¿Habría seguido con mi vida sin ningún propósito como hace Owen día tras día? Acabo de conocerla, pero ya no puedo imaginar mi vida sin ella. Sin ellas dos. Sé que el vínculo de unión tiene mucho que ver. Sin embargo, Blood es todo lo que podía esperar de mi alma gemela y mucho más. Es guapa, inteligente y fuerte. Nunca me dejará dirigir su vida. Me gusta el reto de dejarle libre albedrío. Es poderosa, vivaz y tiene un corazón lleno de amor por Lili. Ya me imagino los lobitos híbridos que podría darme. Mitad lobo, mitad fatel. Lo mejor de cada uno de nuestros mundos para crear un ser único y maravilloso. Es hora de irse a la cama. Necesito pensar en todo esto con la cabeza despejada. Además, pasar la noche con mi alma gemela sería muy reconfortante.

Pero su habitación está vacía. Mi intuición me dice sin equivocarme que mi bella está con Lili. Abro la puerta de la habitación de la pequeña y las descubro acurrucadas. ¡Cómo me gustaría tumbarme detrás de mi compañera para abrazarla como hace ella con su hija! Pero la cama de Lili es demasiado estrecha y dudo que Blood haya venido a esta habitación para que me una a ellas. Entonces cierro la puerta con discreción y me acuesto en la gran cama vacía de mi mujer. Afortunadamente, las sábanas están impregnadas de su embriagador olor. Al final me duermo en unos segundos.

Me despierto sobresaltado cuando una pequeña damisela me salta sobre el estómago. Lili no se anda con chiquitas. Mis pulmones se vacían de su oxígeno y mi lobo reacciona con un gruñido. Sin embargo, no emerge, ya que ha reconocido el olor de la niña.

— Hola, Lili.

— Aún estás aquí. Estoy contenta. He oído a tu lobo llorar esta noche. Temía que hubieras huido.

— No me iré de aquí sin ti y sin tu madre, Lili. Al menos, no de forma definitiva. Pase lo que pase, vendré a buscaros.

Su expresión grave me perturba, pero al final asiente.

— ¡Lili! ¡Te he dicho que no molestaras a Liam!

— ¡Me has dicho que no lo despierte, pero ya lo está!

Me río entre dientes ante su aplomo. La listilla. Quiere evitar que le riñan.

— No me mientas, Lili. ¿Cómo estás esta mañana, Liam?

De repente, Blood parece tímida en el marco de la puerta. Se retuerce las manos y no se atreve a entrar en su propia habitación.

— Estoy genial.

No puedo apartar los ojos de su cuerpo, apenas cubierto por una camiseta de tirantes y unos pantalones cortos de algodón. Hay como electricidad en el aire. Hasta Lili se da cuenta. Levanta la nariz para olfatear.

— Voy a desayunar.

La niña sale de la habitación empujando a su madre hacia mí.

— ¡Eh!

Me río mientras agarro la mano de Blood para tirar de ella hacia la cama. Se desploma sin gracia contra mí lanzando un grito. Le susurro al oído.

— Te tengo.

— ¡Suéltame!

Forcejea débilmente contra mí, como si intentara convencerse de que debe zafarse de mis brazos.

— Deja de retorcerte así. Acabará siendo incómodo.

La presencia de su cuerpo flexible y voluptuoso sobre el mío tiene una reacción inmediata en mi ingle. Se le corta la respiración al comprender el significado de mi advertencia. Entonces puedo ver sus pezones a través de su camiseta.

— Me estás matando, cariño. Las sábanas tienen tu olor y he fantaseado contigo y conmigo en una cama toda la noche.

Mordisqueo el tierno lóbulo de su oreja mientras respiro hondo.

— ¿No estás enfadado conmigo?

Dejo de picarla y la miro.

— ¿Enfadado?

— Estabas tan furioso anoche. Me rechazaste y...

Vaya. Interpretó mal mi reacción.

— No tengo nada que reprocharte, cariño. La verdad es que me enfadé por lo que te pasó y también tuve miedo. Me di cuenta de que podría haberte perdido antes de conocerte. Eso me habría destrozado.

— ¿Por qué? Estoy perdida. Todo es tan repentino, tan rápido, tan...

Deposito un tierno beso en sus delicados labios color cereza. No me pega. Pero tampoco me lo devuelve.

— Lo sé. Es difícil de explicar. Las almas gemelas se enamoran a primera vista.

Levanta una ceja y yo me parto de risa.

— Es una atracción instantánea. Eso no evita el resentimiento, la ira y las preguntas. Es simplemente que un metamorfo solo tiene una compañera en su vida. Es algo muy importante para nosotros, para mí. Moriría por ti.

— Eso es lo que me dijo Slave. ¿Entonces realmente lo aceptas todo? ¿Mi pasado? ¿Lili? ¿Mis acciones para los Féroce?

— Déjame contarte mi historia, ¿quieres?

Se aleja de mis brazos y siento una carencia instantánea. La oigo hablar con Lili en la cocina, luego vuelve y se coloca de nuevo en mis brazos, en la misma posición que antes.

— Te escucho.

La abrazo un poco más fuerte, cierro los ojos y me concentro en su presencia. Lo necesito. Necesito ese equilibrio con ella para contarle por qué me convertí en Ángel Guardián.

Capítulo 13

Blood

Sé de antemano que su historia no es alegre. Su cuerpo está tenso, duro como una roca. Me abraza como si temiera que me escapara y sus párpados cerrados se contraen. Su voz, habitualmente tan serena, se muestra insegura al comenzar su relato.

— Nací en una manada ordinaria. No soy mucho mayor que tú. Los fatels ya habían desaparecido en un anonimato insultante. Algunos de los dominantes lamentaban que nuestro alfa no hiciera nada. Según ellos, la manada debería haber reaccionado e implicarse en este conflicto silencioso. Mis padres, en cambio, eran seres pacíficos. Ambos eran sumisos. Por lo tanto, no se metían en historias de política. Todo lo que querían era vivir su tranquila vida familiar conmigo y mi hermana mayor Maddy.

Tiembla al evocar a su hermana. Me acomodo más contra él para acariciarle el vientre bajo la camiseta.

Era extremadamente guapa según los otros machos. Era una gran alta con el pelo largo y una alegría de vivir incuestionable. También era una mujer de carácter fuerte y dominante que no se dejaba mangonear. Maddy era un desafío para el género masculino. Yo solo la veía como mi hermana mayor protectora, pero los demás la veían como una mujer y un trofeo.

Aprieto la mandíbula tanto que me duele. Conozco muy bien a ese tipo de hombres. He crecido con ellos y he sufrido por su culpa.

— El más dominante de la manada, Karim, comprendió que, si la quería, tendría que convertirse en el más fuerte. Aquel a quien no se puede contradecir sin pagar el precio.

— El alfa.

— Sí. Avivó el odio dentro de la manada, aumentó los conflictos por las cosas más insignificantes, hasta que la situación estalló. Los lobos resuelven las disputas luchando, como muchos metamorfos. Con el apoyo de un puñado de metamorfos, desafió al alfa a un duelo y lo mató.

Me quedo callada, temiendo la continuación de su relato.

— Ese día, después de la pelea, Maddy se quedó conmigo. Estaba completamente apagada. No decía nada. Solo quería estar a mi lado. A mí me parecía bien. Nos llevábamos ocho años. Me gustaba quedarme con ella. Era un poco como una segunda madre.

Liam se pierde por un momento en sus recuerdos. Oscila entre la alegría y la tristeza, una leve sonrisa flota en sus labios carnosos antes de ser engullida por una mueca de enfado.

— Esa misma noche, Karim se presentó en nuestra casa y pidió a mis padres el derecho a reclamar a Maddy.

— ¿Se negaron?

— No.

Me quedo perpleja.

— No parece que estés resentido con ellos.

No lo entiendo. ¿Cómo es que los padres no se pusieron de parte de su hija? Nunca dejaré a Lili en manos de un psicópata.

— Debes entender que los lobos sumisos no tienen poder en una manada. No me malinterpretes, son indispensables para el equilibrio de una manada. Gracias a ellos, los miembros dominantes no se dedican a matarse entre sí. Simplemente, necesitan la protección de un dominante, del alfa para ser precisos, para evitar que los demás miembros les persigan.

Nunca había imaginado que los metamorfos también pudieran sufrir dentro de una manada.

— Maddy solo tenía dieciocho años y la casaron con un hombre que no era su alma gemela. Peor aún, a un dominante al que odiaba.

Sé muy bien lo que sufrió la hermana de Liam. Mi corazón se estremece por esa joven.

— Vi cómo se marchitaba con el tiempo. Karim se había propuesto destrozarla. Quería aplastar su voluntad para hacerla sumisa.

¡Qué horror! Quería su cuerpo, pero no su mente. Quería convertirla en una cosita dócil. Me siento muy identificada con la historia de Maddy.

— En pocos meses, se transformó por completo. La chispa de alegría de sus bonitos y expresivos ojos se apagó. No era más que una cáscara vacía. Mi hermana cayó en depresión. Pero nunca dijo nada. Nadie se opone al alfa. Protegía a mis padres guardando silencio sobre lo que ocurría una vez cerrada la puerta de su casa. En cuanto a mí, no era más que un niño. Yo era un dominante, como ella, pero solo tenía diez años cuando se casó. Mi voz no era más valiosa que la de mis padres.

Qué impotente debió de sentirse.

— Mi hermana se ahorcó dos años después.

Sollozo ante esta información. Por supuesto, había comprendido que su hermana ya no estaba con nosotros. Sin embargo, me la imaginaba muerta por las palizas de su marido, ¡no que se hubiera suicidado!

— ¿Por qué hizo eso?

Liam enreda el dedo índice en mis cortos mechones, probablemente para armarse de valor y continuar.

— Me había dejado una carta. Se disculpó por dejarme solo en esa manada. También me anunciaba que estaba embarazada. A mi edad, el sexo no era realmente un tema de conversación. Más tarde me enteré de que Karim lo había violado muchas veces. Todo el mundo lo sabía, pero nadie hizo nada. El alfa es todopoderoso en una manada.

Una primera lágrima cae por mi mejilla. La congelo antes de que caiga sobre su torso y le interrumpa en la parte más difícil de su historia.

— Maddy no soportaba el hecho de imponer esta vida de sufrimiento a su hijo. Se negó a involucrar a un ser inocente en esa relación malsana y prefirió acabar con su vida. No veía ninguna salida a su situación.

La entiendo totalmente. Si hubiera tenido elección, habría estado tentada de hacer lo mismo. Pero Fletcher no me ha dado esa posibilidad.

— Tu hermana era muy fuerte. Hace falta mucho valor para tomar esa decisión.

Me besa en la cabeza.

— Estoy de acuerdo contigo. Karim no la había destrozado tanto como él pensaba. Pero eso no la salvó.

— Al menos el alfa la siguió a la tumba.

Sacude la cabeza negativamente.

— No, cariño. Solo las almas gemelas no pueden vivir la una sin la otra y ellos no lo eran. Creo que eso fue lo que alimentó mi ira. Karim seguía vivo, pero mi hermana, no. Los miembros de la manada se enfadaron con el alfa. Sin embargo, no lo desafiaron. El nombre de Maddy se convirtió en tabú. No se nos permitía decirlo bajo pena de castigo.

El alfa la hizo desaparecer. ¡Liam no tuvo derecho a llorar a su hermana!

— Cuando llegué a la mayoría de edad, dejé la manada y me uní a los Ángeles Guardianes. Todas las manadas han oído hablar de ellos. Es difícil integrar la manada, pero todo el mundo sabe que colaboran con el gobernador para luchar contra este tipo de abusos. Solo hay que ser convincente y estar motivado.

— Una forma de vengarte.

Asiente al tiempo que me olfatea el pelo. Me dijo que era adicto a mi olor y no exageraba.

— ¿Y tus padres? ¿Qué fue de ellos?

— El alfa los mató cuando me fui. Los acusó de traición.

Un nudo en la garganta me impide expresar mi apoyo.

— ¡Eh! No llores, cielo.

¿Llorar? Liam me limpia las gotas que resbalan por mis mejillas.

— Me he vengado gracias a los Guardianes. Intervenimos en la manada y Karim fue encarcelado. Es lo peor que le puede pasar a un metamorfo: estar encerrado en una pequeña habitación sin esperanza de salir.

De repente, siento el impulso de besarle, de demostrarle cuánto me ha conmovido su historia, cuánto le comprendo. Liam es un hombre increíblemente bueno que es capaz de aceptarme como soy. Bloqueo sus manos sobre mis mejillas antes de inclinarme sobre su cara. Me detengo a unos centímetros de su nariz. Se le corta la respiración, pero no mueve ni una pestaña. Me deja elegir, no me mete prisa, lo que refuerza mi decisión. Franqueo la distancia que nos separa y saboreo lentamente la dulzura de su boca. Puede que Liam sea un hombre dominante, pero conmigo es muy delicado. Me deja tomar las riendas, decidir qué hacer a continuación, incluso cuando siento la presión de su miembro erecto contra mí. Sin embargo, sus manos están sabiamente en la parte inferior de la espalda. Lamo la comisura de sus labios para descubrir todo su sabor. Accede a mi deseo con un hambre no disimulada. Su sabor a chocolate explota en mis papilas gustativas, calentándome hasta las entrañas. Es demasiado para él. Toma el control del beso, saqueándome la boca sin descanso, acariciándome con su lengua con una voluptuosidad indecente que me produce un cosquilleo en el estómago. Tengo calor a pesar de mi cuerpo constantemente helado. Un incendio destroza mis sentidos mientras sus palmas se aventuran un poco más abajo para palpar mi trasero. Sin embargo, no siento la aprensión que se apodera de mí cuando Fletcher se me acerca. Al pensarlo, aparto al alfa de mi mente. No tiene cabida aquí. Solo quiero a Liam. Tomo mi turno para explorar su cuerpo de ensueño. Rozo sus abdominales, que se contraen a mi paso, hasta llegar a sus pezones especialmente sensibles. Acabamos quedándonos sin aire, lo que nos obliga a hacer una pausa. Excepto que pienso para mis adentros que respirar es superfluo en un momento así. Vuelvo al ataque en cuanto recupero el aliento. Necesito su contacto. Necesito tocarlo. Siento nuestro vínculo más fuerte que nunca. En ese momento me doy cuenta de lo que me ha explicado. Somos uno. Somos dos partes de una misma alma. Juntos estamos completos. Liam nos lleva a la cama para ponerse sobre mí. Se apoya en los codos para no aplastarme. Es un bonito detalle, pero le impide tocarme del todo y lo lamento. Necesito mucho más. Todo mi cuerpo hormiguea de deseo. Despierta a la vida por primera vez. Es una sensación embriagadora, excitante. Me contorsiono para frotarme con Liam, aliviando un poco la presión entre mis piernas. Sonrío contra su boca mientras siento cómo me gruñe. Él también está excitado. Me alegro de ser la autora. Le rodeo con los muslos para sentir aún más su pelvis sobre mí. Me impresiona la confianza que me inspira. Debo decir que mi lobo se contiene y me deja tomar la iniciativa.

— Cállate, cariño. No es el momento.

¡Claro que sí! Tengo ganas. Tengo ganas de él. Ahora que nuestras almas están en perfecta armonía, quiero que nuestros cuerpos hagan lo mismo. Me froto con más fuerza contra su virilidad que quiero descubrir.

— Cielo…

¿Por qué se detiene en medio de este momento mágico?

— ¿Mamá?

Ahora soy yo quien gruñe. En la euforia del momento, me he olvidado de Lili. ¡Es el colmo cuando ocupa todos mis pensamientos desde que nació! Liam suelta una risita que hace vibrar mi cuerpo de la forma más deliciosa.

— ¿Has terminado de desayunar, Lili?

— Sí. ¿Qué hacéis? ¿Un arrumaco como los papás y las mamás?

¡Por Dios! ¿Por qué le leo este tipo de historias? ¿Con familias y padres que se aman?

— ¿Liam se quedará con nosotros para siempre, mamá?

Mi hija tiene unas preguntas. Liam se ríe aún más de mí. Podría enfadarme con él, pero después de la tristeza que le embargó antes, prefiero verle así. Se pone boca arriba y le hace señas a Lili para que se una a nosotros. Mi hija se instala entre nosotros, muy cómoda. Me parece tan... normal. La familia con la que siempre he soñado desde que nació, la que pensé que nunca tendría.

— ¿Te gustaría que nos quedáramos los tres juntos, Lili?

Nos mira a cada uno.

— Eso sería genial. Mamá se siente sola. Y a menudo está triste cuando vuelve a casa. Podrías ayudarla.

El corazón me da un vuelco en el pecho. Mi Lili. Es tan fuerte. No se ha dejado engañar. Solo se ha callado. Liam me limpia la lágrima que se me escapa.

— A partir de ahora, somos nosotros tres contra el resto del mundo, si tu madre está de acuerdo.

Lili se vuelve hacia mí, a la espera de mi aprobación. No puedo más que exhalar lo que resulta una evidencia.

— Contra viento y marea.

Capítulo 14

Liam

Mi lobo está extático después de este momento íntimo con nuestra compañera, en cuanto a mí, mi corazón está a punto de estallar de alegría. Sin embargo, lo más difícil viene ahora. No pienso dejar que mi familia siga viviendo en este lugar, detrás de una valla, rodeada de hombres abyectos que podrían atacar a mis dos mujeres en cualquier momento. Pero no puedo resolver este rompecabezas solo. Necesito a los Ángeles Guardianes para sacarnos de aquí. Tenemos que elaborar un plan y coordinarnos con el exterior. Por eso Sevana me ordenó crear el vínculo de unión con Blood sin demora. Así podemos contactar con la manada a través del vínculo gemelar de las dos fatela.

— ¿Liam? ¿En qué piensas? ¿Ya te arrepientes de haber seguido este camino?

Las acerco a mí para besarles el cabello a las dos.

— Nunca. Solo estaba pensando en lo que quiero para nosotros, en nuestro futuro.

Miro a Lili, que está disfrutando de este momento de tranquilidad.

— Hablaremos de ello más tarde.

Mi compañera no pide más. Al igual que yo, se niega a involucrar a una niña en esta sórdida historia.

El día transcurre sin contratiempos. Incluso me sorprende que los Féroce nos dejen en paz. Mi mujer me explicó que debía sonsacarme información. Le han dado tres días. Sin embargo, no pensé que tuvieran tanta paciencia. No me quejo. Simplemente me parece sospechoso. Así que aprovechamos para pasar tiempo con Lili. La pequeña está encantada con la atención que recibe. Mi alma gemela a menudo ha estado ausente durante los últimos seis años, por lo que su hija se deleita con su presencia. También es evidente que desea aprender más sobre su parte metamorfa. Es una fuente de preguntas inagotable. Quiere saberlo todo de mí y de mi lobo. De mis capacidades y las que ella podría tener también. He visto su mirada ensombrecerse cuando le he explicado que mi animal tiene sus propios pensamientos y su propio instinto. Se ha dado cuenta de que a ella no le ocurría lo mismo. Ahora se siente aún más diferente. Aún más aislada en un mundo que cree que no es adecuado para ella. Al menos, así es como su madre y yo hemos interpretado su reacción.

— Entonces nunca podré formar parte de una manada. Los demás nunca me aceptarán.

La respuesta de mi mujer me ha colmado de alegría.

— La manada de Liam te recibirá con los brazos abiertos. Es única y acepta a todo el mundo.

— ¿Incluso a mí?

Me hubiera gustado decirle que en los Ángeles Guardianes tendrá su lugar. Sin embargo, es demasiado arriesgado. Fletcher podría interrogar a la niña para averiguar qué está pasando realmente entre su madre y yo. Así que he sido impreciso, pero decidido.

— Los miembros de mi manada aman a todos sin excepción. Siempre están encantados de acoger a un nuevo miembro, sobre todo cuando es tan amable e inteligente como tú.

— Es verdad que soy inteligente.

Esto nos provocó un ataque de risa incontrolable que continuó con una sesión de cosquillas. Esta noche, Lili se ha acostado con una sonrisa en la cara y por un día todos nos hemos olvidado de lo que pasaba fuera. Nos ha venido bien, pero es hora de volver al presente.

Tomo a mi mujer en mis brazos para darle mimos. Aquí es donde debe estar y me siento más sereno cuando está aquí. Me devuelve el abrazo y un calor difuso se extiende por todo mi ser. Si me escuchara a mí mismo, tiraría por la borda mis buenos propósitos y la llevaría a la cama, desnuda, y profundizaría nuestro vínculo como hace cualquier metamorfo al principio de una relación. Sin embargo, no puedo permitirme ese lujo y resisto la tentación, no sin dificultad.

— Tienes que ponerte en contacto con tu hermana.

Mi mujer se estira en mis brazos. Está rígida contra mí y su temperatura interna desciende.

— Tenemos que salir de aquí. Tenemos que darle a Lili una vida mejor y solo podremos hacerlo cuando seamos libres.

Pega su cara a mi camiseta.

— Lo sé.

Su temperatura vuelve a bajar y me hace estremecer.

— Entonces, ¿qué te perturba?

No me contesta enseguida, pero no quiero apresurarla. Le acaricio el pelo un poco demasiado corto para mi gusto, paciente.

— ¿Y si no soy capaz?

— ¿De qué?

— La telepatía no es mi elemento. La última vez, tal vez fue solo un golpe de suerte y...

— Shh. Cálmate. Respira.

Mi compañera ha soltado su discurso de un tirón, indicándome así la amplitud de sus dudas.

— Lo conseguirás porque es parte de ti. Ya lo hemos hablado. Eres mucho más hábil que los fatels que he conocido hasta ahora. Sam, la pelirroja que viste en mi territorio...

Mi mujer se conmueve al recordar su encuentro.

— La que me hizo daño.

— Sí. Tiene muchas dificultades para controlar la telepatía y, como no es muy sociable, se pasa el tiempo insultándonos en su cabeza. Excepto que podemos oírlo todo.

Mi muñeca abre mucho los ojos.

— ¿De verdad? ¿Y no os enfadáis con ella?

Sacudo la cabeza.

— No. Ella es así. No ha tenido una vida fácil, como tú o Slave. Entendemos por qué es así y la aceptamos. Por otro lado, se esfuerza mucho. Antes de unirse a nosotros, le rompía la nariz a cualquiera que la contrariara.

— Es muy poderosa.

— Extremadamente. Pero tú también. De hecho, todos los fatels tienen un don, ya lo sabes. Lo que no sabes es que el vínculo de unión metamorfo os hace aún más fuertes. Te da poderes adicionales.

— ¿Poderes? ¿La telepatía no es la única?

— No. Habrá otro que es imposible de conocer de antemano.

— Gracias a eso, Slave cambió tu apariencia.

— Efectivamente. ¿Ya estás lista?

Se muerde el labio inferior, y entonces veo que su rostro adopta una expresión de inquebrantable determinación.

— Vamos. Dime cómo hacerlo.

Esa es una pregunta difícil. No tengo ni idea. Slave estaba con Greg cuando su poder emergió y no la he visto desde entonces.

— ¡No sabes nada!

— La verdad es que no. Es mi beta, Sean, quien se encarga de enseñar a los fatels a controlar sus poderes. Creció entre los tuyos. Yo no sé mucho al respecto. Sin embargo, Slave también es novata y lo ha conseguido, así que... ¿quizá sólo tengas que pensar en ella? Cuando Sevana quiere tener una premonición, piensa en la persona que le interesa.

— ¿Una profetisa?

Es normal que tenga curiosidad, pero tenemos poco tiempo.

— Nuestra hembra alfa, sí. Concéntrate en tu hermana. Visualízala en tu mente. Imagina su cara.

Sonrío tontamente pensando que no es complicado, ya que es la misma que la suya.

— ¿Slave?

Veo que su cara se tensa.

— ¡Deja de gritar! ¡Me estás dando dolor de cabeza!

Me río por dentro. Mi mujer no se da cuenta de que ella también habla alto. Mi lobo hace muecas en mi cabeza. Nuestro fino oído está sometido a una dura prueba. Mi compañera abre lentamente los ojos, que había cerrado para concentrarse mejor.

— ¿Qué quieres saber, Liam?

— Todo lo que han planeado.

— No me lo dirá. Los tuyos no tienen motivos para confiar en mí.

Tiene razón. Después de todo, quería secuestrar a Slave. Sería mucho más fácil si yo pudiera hablar con ellos, pero como es imposible, tenemos que encontrar una solución.

— Háblales de Lili.

— ¡No!

Tomo sus manos en las mías y veo que están heladas. El estrés la enfría. La ira también. Encierra todas sus emociones en su interior y eso se refleja en su don.

— Todo irá bien, cariño. Los Ángeles Guardianes deben comprender por qué actuaste así. La confianza se gana. Tiene que ser recíproca. Los míos arriesgarán sus vidas por nosotros. Tienen derecho a saber por qué.

Nos miramos fijamente. La veo debatirse entre los pros y los contras. Le resulta difícil mostrar a Lili al mundo después de haberla ocultado durante seis años.

— Vale.

Me inclino para besarla cuando suena un timbre en su habitación.

— ¿Tienes un móvil?

— Es un mensaje de Fletcher. Es el único que tiene el número y no se puede llamar a otro teléfono que no sea el suyo.

— Vale. Habla con tu hermana. Voy a ver qué quiere.

Lo que quiere es información.

«Ya ha pasado un día y todavía no me has dado nada. Mi paciencia tiene límites. Parece que necesitas más motivación. Hartcher va a visitar a Lili».

Se me hiela la sangre al leer el final del mensaje. No voy a permitir que el beta se acerque a mi hija. Porque es mi hija. Tiene la sangre de Blood en las venas y Blood es mi compañera. Nadie tocará un solo cabello de mis mujeres. Paso delante de mi compañera sin decir ni mostrar nada para salir. Si este beta aprecia su vida, se quedará fuera de la valla, lejos de mí.

Esa hiena me pone los pelos de punta cada vez que la veo. ¡Y esa cresta en la cabeza es ridícula! En perfecta armonía con su cara de rata, eso sí.

— ¿Vigilas la puerta como un buen perro o Blood no te deja entrar?

Odio que me comparen con un perro. Mi lobo tiene más garbo que un chucho. De hecho, el insulto le hace aguzar el oído. No quiere perderse nada de este intercambio.

— Y eso lo dice el perrito faldero del alfa.

Curva los labios sobre los colmillos que ya están fuera.

— Quítate de en medio. Vengo a ver a la niña.

Su sonrisa malvada se ensancha.

— Fletcher quiere que nos conozcamos. Podría convertirse en mi juguete en un futuro próximo.

Mi lobo gruñe de rabia, más presente que nunca.

— No vas a entrar en ese recinto.

Se ríe.

¿Quién me lo va a impedir? ¿Tú?

— Te aconsejo que me escuches y te vayas por donde has venido.

— No obedezco órdenes de un perro sarnoso.

La cerradura hace clic y eso ya es demasiado para mi animal. Tengo el tiempo justo para quitarme los vaqueros antes de que aparezca. Mi camiseta está hecha jirones en sus patas. El olor salvaje de nuestro adversario nos asalta. Mi lobo estornuda para ahuyentarlo de sus fosas nasales. Grave error. Las hienas son conocidas por su astucia y la de Hartcher no es una excepción. Aprovecha la oportunidad para saltar sobre mi espalda, con las garras fuera, clavándomelas en los costados para aferrarse a mí. Grito de dolor mientras mi sangre cae al suelo. Sin embargo, no me detengo en mis heridas. Mi objetivo es alejar a este macho de mi hija. Me inclino hacia un lado mientras levanto la cabeza, dando un violento golpe con el cráneo en el sensible hocico de mi atacante. Suelta un poco la presión con el choque, lo que me permite levantarme. Sobre todo, debo evitar que me muerda. La presión en la mandíbula de la hiena es formidable y bien podría costarme la vida. Así que esquivo la boca abierta que intenta agarrarme una pata y clavo las garras profundamente en el abdomen de Hartcher. Su gruñido de dolor me produce un gran placer. Ambos tenemos una excelente visión nocturna, así que estamos en igualdad de condiciones. Los golpes de garra se suceden, cortando el pelaje que queda al alcance, sin que ninguno de los dos consiga imponerse. Afortunadamente, el beta no está atiborrado de sangre fatel. Si lo estuviera, yo no habría tenido ninguna oportunidad. Por desgracia, empiezo a cansarme y es hora de poner fin al duelo. Así que opto por dejar que se acerque. Evidentemente, el beta aprovecha para hundir su pata bajo mis costillas. El dolor estalla en mi cuerpo, pero no me detengo en él. No lo he dejado hacerme daño perder, al contrario. Demasiado segura de sí misma, la hiena baja la guardia. Ese es el momento que elijo para agarrar sus dos patas traseras entre mis colmillos y apretar. Los huesos se rompen con un ruido insoportable que resuena por todas partes. La hiena, en el suelo, se retira y deja a un Hartcher ensangrentado y con las dos piernas rotas. Inmovilizado en el suelo, no tiene ninguna posibilidad de derrotarme, y lo sabe.

— Mi alfa te matará por atacarme.

Una humillación puede ser peor que una derrota para este tipo de engreído. Vuelvo a mi forma humana para responderle.

— Ve a decirle a tu alfa que has perdido contra un chucho. ¿Qué te va a hacer para castigarte?

Sé que he dado en el clavo cuando he visto su cara descomponerse. Los alfas como Fletcher son capaces de matar a sus subordinados por una derrota. Vuelvo al interior sin mirar atrás. Estoy seguro de que no dirá nada. Puede incluso que se invente una mentira para protegerse.

Capítulo 15

Blood

Todavía me asombra oír la voz de mi hermana en mi cabeza. Es una sensación muy extraña porque la sonoridad es muy parecida a la mía. Es como si mi conciencia me hablara. Salvo que no es así, y ahora me veo obligada a hablar de mi hija, a justificar mis decisiones ante desconocidos.

— *Tengo una hija.*

— *¿Qué?*

— *Mi hija cumplirá seis años en unos días.*

— *¡Seis años!*

Sé lo que está haciendo. El cálculo es simple. Sólo tenía diecisiete años cuando me quedé embarazada. Una niña en el cuerpo de una mujer. Si se puede decir así. Nunca he tenido una infancia.

— *Estoy dispuesta a todo para protegerla de la manada, incluso a entrar en los Ángeles Guardianes para secuestrar a mi propia hermana.*

Tras mi declaración se hace un breve silencio. ¿Tal vez no quieren ayudarme? ¿No quieren correr ese riesgo?

— *Los alfas están conmigo. Te entendemos, Blood. Eso explica tu insistencia. No viniste sola, ¿verdad?*

— *El beta nunca se aleja de mí. ¿Me vais a ayudar?*

— *Sí. ¿Está Liam contigo?*

La preocupación en su voz me resulta muy desagradable.

— *Está fuera.*

— *No te enfades con él por haberte marcado. Es una buena persona, ya lo sabes.*

Lo sé perfectamente. No necesito que otra mujer, aunque sea mi hermana, me lo confirme.

— *¿Cuál es el plan?*

— *No podemos decírtelo.*

— *¿Cómo?*

¿Cómo se supone que voy a prepararme y ayudarles si no sé nada? ¿Quizá piensan que los Féroce dejarán que les arrebaten la fuente de su poder sin luchar?

— ¿Te he confiado mi mayor secreto y todavía no confiáis en mí?

— No te lo tomes a mal. Es imposible mentir a los metamorfos. Lo huelen. Es así y no podemos hacer nada.

— Yo lo consigo. Incluso consigo cerrar mi mente. Liam dice que los otros fatels de los Guardianes son mucho menos hábiles que yo con la telepatía.

Probablemente sea mezquino, pero tengo el deseo irrefrenable de demostrarle que soy superior a ella y que por eso Liam me eligió a mí y no a ella.

— Todo lo que puedo decirte es que no se trata solo de ti o de tu hija. Liam te ha hablado de los otros fatels, ¿verdad?

— Sí. Sois cuatro.

— Por el momento, sí.

Frunzo el ceño.

— ¿Cómo?

— Reflexiona, Blood. Para un pueblo desaparecido, ya somos seis fatels con tu hija.

Lili no es una fatel en toda regla, pero no me apetece entrar en detalles.

— Los Ángeles Guardianes creen que probablemente hay otros fatels, adultos jóvenes y *niños como tu hija, atrapados en otras manadas disidentes.*

Nunca lo había pensado, pero es muy probable. Es incluso de una lógica imparable. Otros fatels como yo probablemente sufren los mismos abusos, los mismos insultos, la misma soledad. Tantas vidas se han arruinado por culpa de alfas como Fletcher, engreídos y con una sed incontrolable de poder.

— *Los Ángeles Guardianes no van a contentarse con liberarme solo a mí.*

Comprendo entonces la amplitud del proyecto que han emprendido.

— *No. Reclutan combatientes, utilizan sus contactos de confianza que están en las manadas y han contactado con el gobernador para el que trabajan.*

— *Estamos en guerra.*

— *Una guerra que no podemos perder o los fatels, nuestro pueblo, se perderá para siempre.*

Tiene razón. Si los rebeldes se sienten atrapados, preferirán exterminar a los míos antes que perderlos. Los disidentes están así de locos.

— *Dile a los Guardianes que tengan cuidado. Algunos fatels podrían atacarlos por orden de los metamorfos que los mantienen cautivos. No es su culpa. No son conscientes de lo que está en juego, probablemente no saben nada de su pueblo.*

— Los Guardianes lo saben, Blood. Harán todo lo posible para no herirlos, pero...

Toda guerra conlleva pérdidas, muertes en ambos bandos. Es inevitable.

— Dime dónde estás y si hay otros fatels contigo. ¿El padre del niño tal vez?

— Estoy en la manada Féroce. Soy la única fatel aquí. Mi hija no tiene padre y sus poderes aún no han emergido.

— Vale. Estaremos allí pronto, Blood, te lo prometo.

Pronto podría ser demasiado tarde.

— Solo me quedan dos días.

— ¿Por qué?

— El alfa quiere encontrarte. Tiene... planes. Si Liam no les ha dicho dónde estás en dos días, probablemente moriremos los dos.

Otro largo silencio, probablemente porque Slave está explicando la situación a su pareja alfa.

— Aguanta, hermana. Llegaremos a tiempo.

Mi hermana... De repente quiero saber más de ella. Físicamente somos como dos gotas de agua, pero siempre he pensado que nuestro pasado nos moldea, y el de Slave es diferente al mío.

Quiero hacerle una pregunta más personal cuando la visión de Liam sangrando me hace perder la concentración. El enlace telepático se corta mientras me precipito hacia mi compañero.

— ¡Liam!

Le sostengo lo mejor que puedo para tumbarlo en mi cama. ¡Quién hubiera pensado que un lobo tan delgado podría ser tan pesado! Se desploma sobre el colchón y mancha al instante mis sábanas de color escarlata.

— ¿Qué ha ocurrido?

Gruñe mientras me hace tumbarme a su lado.

— Nada importante. Ahora todo va bien.

Lucho todo lo que puedo sin hacerle daño para ver sus heridas.

— No va todo bien, ¡no! Estás herido.

Me inclino un poco más hacia su costado y veo claramente los cortes de las garras, por no mencionar el que hay debajo de sus costillas. Las heridas son profundas y no dejan de sangrar.

— ¡Te has peleado!

Hace una mueca de dolor cuando le palpo las costillas para ver si tiene alguna rota.

— Es solo un malentendido que hay que solucionar.

¿Un malentendido? ¡Me está tomando el pelo! Coloco las manos a ambos lados de su cuerpo para enviar frío directamente a las heridas. Eso aliviará el dolor al tiempo que detiene el flujo sanguíneo. Mi compañero gime lastimeramente, pero no se queja. El flujo de sangre finalmente se detiene.

— ¿Qué necesitas? Voy a llamar a Fletcher para que me dé algo para curarte.

No me gusta la idea de confiar la vida de mi alma gemela a este ser despiadado, nada es gratis con él, pero en realidad no tengo elección. Me detiene cuando voy a levantarme.

— No. Soy un metamorfo, cariño, me curaré rápido ahora que has cerrado las heridas con tu hielo. Es mejor dejarlo fuera de esta historia.

Esto no me gusta. En absoluto.

— Ven conmigo. Solo necesito que estés conmigo para sentirme mejor.

No me gusta verlo sufrir. Me gustaría hacer más. Sin embargo, no sé cómo ayudarlo. Además, es obvio que no merece la pena. Es cierto que los animorfos tienen una capacidad de regeneración mucho mayor que la de los humanos o los fatels. Liam percibe mi confusión.

— Te aseguro que estoy bien.

Es él quien me tranquiliza sobre su estado cuando debería ser al revés. Suspiro profundamente y cierro los ojos para frenar la adrenalina que corre por mis venas y me nubla la mente.

— Túmbate conmigo, por favor.

— Vale. Pero déjame cambiar las sábanas antes de que se estropee el colchón.

Se revuelve hacia un lado y hacia otro, tensando todo el cuerpo para que quite las sábanas sucias y ponga unas limpias, y luego me tumbo a su lado, dejando espacio entre nosotros.

— Más cerca, cariño.

Su brazo me rodea la cintura y me pega a él, haciéndome notar su desnudez por primera vez desde que llegó. Me entierra la nariz en el cuello como le gusta hacer varias veces al día y siento que su corazón se ralentiza para adoptar un ritmo lento y constante.

— Ahora estoy bien. Solo necesito descansar un poco y todo volverá a la normalidad. Cuéntame tu conversación con Slave.

Slave. Solo el nombre en su boca me eriza la piel. Es un mal momento, pero tengo una pregunta para él.

— ¿Por qué hay una conexión entre Slave y tú?

Los celos me enfurecen y la sonrisa orgullosa de Liam no hace nada por calmarme. Este idiota se está divirtiendo.

— Eres adorable cuando estás celosa, cariño.

— Seguro que me encontrarás menos mona cuando te haya convertido en un iceberg.

Estiro los brazos para apartarlo, en vano. Al contrario, me acerca un poco más a él. Sin embargo, me niego a dejarme seducir por su cuerpo apolíneo que despierta. ¿Cómo puede estar excitado estando herido?

— Respóndeme.

— Déjame hacerte una pregunta primero. Cuando estabas con los Guardianes, ¿no sentiste una conexión entre Greg, el compañero de tu hermana, y tú?

Hmm, sí. La verdad es que me pareció perturbador, pero no fue nada comparado con mis emociones por Liam y esa no es la cuestión ahora.

— Nada importante.

— Exacto. Nada como nuestro vínculo de almas gemelas. Creo que estoy conectado con Slave a través de ti. Debe de ser por vuestro vínculo gemelar, puesto que Sam tiene una hermana y sus respectivos compañeros no sintieron nada parecido.

No pensaba que me sentiría tan aliviada al saber que Liam es mío y solo mío. Soy patética. Hace dos días, le dije que no lo quería, y ahora imaginarlo con otra mujer podría hacerme perder el control.

— Me gusta tu lado posesivo, cariño. Es lo justo. Yo tampoco puedo controlarme cuando estás conmigo.

Siento que se deja llevar cada vez más por el sueño. Su voz es pastosa, su brazo sobre mi vientre se vuelve pesado. De hecho, lo único que permanece rígido es su sexo. ¡Parece que puede mantenerse erecto incluso mientras duerme! Sin duda, eso me haría sonreír si no estuviera tan preocupada por él. Le paso la mano por el pelo como hago con Lili después de una pesadilla. El aliento constante de Liam me acaricia la mejilla y me calienta la piel en ese lugar. Ni siquiera he tenido tiempo de exponerle los últimos acontecimientos en la manada de los Guardianes: una guerra. Una puta guerra entre los fatels, los humanos y los metamorfos. Tengo sudores fríos. En todas las guerras hay muertos. ¿Y si Liam perdiera a alguien cercano a él? ¿Me lo reprocharía? ¿Me acusaría de ser responsable de esa situación? No. No, Liam es inteligente. Esta guerra empezó mucho antes de que yo naciera, hace veinticinco años, cuando la primera profetisa murió bajo el ataque de un metamorfo. Durante todos estos años, la guerra se ha estado gestando. Los

Ángeles Guardianes siempre han estado en primera línea, al igual que los humanos a través del gobernador. Una guerra fría, silenciosa, no deja de ser una guerra. Solo que ahora, los combates tendrán lugar a plena luz del día. Mi pueblo podría resurgir de sus cenizas. Mi pueblo… Seres como yo que habrán sufrido tanto como yo o mi hermana. ¿Cuánto habrán cambiado los fatels que podrán ser rescatados? ¿Cambiados para siempre en sus corazones y almas? ¿Y cuál será el lugar de Lili en este mundo? ¿Un verdadero lugar como primera híbrida? ¿O una paria? Sea cual sea el pueblo que elijamos seguir, ella será diferente. Demasiadas preguntas sin respuesta me atormentan como para dormir como mi compañero. Así que me quedo ahí, con los ojos abiertos, viéndole dormir. Una cosa es cierta, Liam tiene razón: las almas gemelas siempre se enamoran. Al menos, yo me estoy enamorando de él, y me da menos miedo de lo que pensaba.

Capítulo 16

Slave

Estaba hablando con mi hermana cuando nuestra conexión se cortó bruscamente. Solo tuve tiempo de sentir una inmensa angustia procedente de ella antes de perder el contacto. Desde entonces, he intentado una y otra vez restablecer nuestra conexión telepática, pero nada funciona, no lo consigo.

— Para, cariño. Te estás agotando innecesariamente.

— Pero Blood debe tener problemas y...

Greg me abraza y me mece como a una niña.

— No puedes hacer nada ahora mismo. Respira con calma, cariño.

Se me escapa una lágrima al aspirar su aroma masculino, al que me he vuelto adicta. No sé qué haría sin él. Se ha convertido en mi salvavidas. En estos tiempos difíciles, él es quien me hace seguir adelante. Me aferro a él como si mi vida dependiera de ello. De hecho, tengo la impresión de que en parte es así. Es gracias a él que los disidentes ya no pueden encontrarme usando a Blood. Sin embargo, no es justo. Es muy egoísta por mi parte, pero también quiero que salve a mi hermana. Por otro lado, quiero que se quede cerca de mí para no correr ningún riesgo. Mi corazón está dividido entre estas dos personas que forman un todo en mi alma y estoy completamente perdida.

— Cálmate, cariño. Tus pensamientos fluyen en todas direcciones de forma incontrolable.

Me separo de la camiseta de mi hombre y descubro que Sevana hace una mueca mientras se masajea las sienes.

— Lo siento.

Fatel me dedica una sonrisa distorsionada por el dolor que late bajo su cráneo.

— No es tu culpa. Se necesita tiempo para dominar la telepatía.

Mientras tanto, llegan los lugartenientes, la pareja beta y el alfa de los Ángeles Guardianes, acompañados por Sam y Peter, el alfa de los Treat, que nos ha acogido sin dudar.

— Guau. Slave, lamento decírtelo, pero tienes la cabeza hecha un lío. Vamos, descanso para todos.

Con estas palabras, todas las caras a mi alrededor se relajan y sus músculos se destensan.

— Gracias, Sam. ¡Creía que me iba a estallar la cabeza!

— Siempre tan delicado, Sean. Para ser un beta, eres muy sensible. Sin embargo, he cortado la telepatía a todo el mundo. Tendremos que comunicarnos a la antigua para esta reunión.

¡No! ¡No, no, no!

— ¡Sam, devuélveme mi poder! Lo necesito para hablar con Blood.

— De momento no, Slave…

Gruño, mostrando los colmillos que me han crecido en la boca. Cuando me enfado, tiendo a convertirme en una osa, la forma a la que estoy más acostumbrada. La pelirroja no está nada impresionada.

— No. Necesitas descansar. No he dejado de darte energía para que aguantes desde que dejamos el territorio de los Ángeles Guardianes. Estás demasiado ansiosa y eso hace que tus poderes sean inestables. Tu hermana está con Liam. Él cuidará de ella.

Comprendo mejor por qué mi cuerpo aún no ha colapsado cuando mis transformaciones y telepatía son inconstantes. Se lo agradezco. Pero no me rendiré.

— Blood me necesita. Nuestra conversación se ha interrumpido. Puede que necesite ayuda y...

— ¡Stop!

Connor proyecta un aura alfa sofocante sobre toda nuestra asamblea. Incluso yo, que no soy una animorfa, puedo sentirla en la piel.

— Estás preocupada y lo entiendo. Todos lo entendemos. Pero no se trata solo de tu hermana. Tenemos que concentrarnos y ser estratégicos para derrotar a los disidentes en su propio territorio, y necesitaremos a todo el mundo en plenas facultades físicas y mentales. ¿Queda claro?

Todos asentimos con la cabeza. Sé que tiene razón. Simplemente, me resulta difícil no hacer de mi gemela mi prioridad. Greg siente mi angustia. Me susurra palabras dulces al oído para tranquilizarme, pero no funciona. La ruptura repentina de nuestra conexión me deja un sabor amargo en la boca y me impide ser racional. Cuando se trata de ser pragmático, es Scan quien interviene. Así que es lógico que tome la palabra.

— Slave, todavía sientes la conexión con tu hermana, ¿verdad?

— Sí.

— Entonces es que sigue viva y Liam también, probablemente. Ahora, cuéntanos todo lo que has descubierto para que podamos ir a liberarla sin correr demasiados riesgos.

El beta tiene razón. Mi gemela sigue viva. Lo mejor que puedo hacer por ella es explicarles por qué coopera con los disidentes.

— Como le dije a Sevana, Blood tiene una hija.

— Sí. Nos ha dado esa información.

— Los rebeldes usan a su hija para presionarla.

Sam se agita a mi lado y me alegro de que ninguna planta esté en los alrededores o acabaríamos todos con lianas en los pies. La historia de mi hermana le recuerda inevitablemente su propia historia, su propia experiencia con los disidentes. No es un recuerdo que le guste rememorar.

— ¿Sabes cuál es el poder de la niña?

piensa que no tiene. Aún no tiene seis años, pero mi hermana me ha dicho que los cumplirá pronto. En cuanto emerja, los disidentes irán a por ella. La prepararán para que les sirva como mi gemela.

— Así que hay dos fatels y una niña que rescatar. Hay que tener en cuenta este dato.

— No. Solo mi hermana y su pequeña. Me ha afirmado que la niña no tiene padre.

Todos fruncen el ceño. Todos menos Sam, cuyos ojos brillan de rabia. Una rama de árbol atraviesa la ventana y rompe el cristal en pedazos. Nos sobresaltamos mientras Nate masajea los hombros de su compañera.

— Tranquila, cariño. Nadie quiere que lo cuelgues cabeza abajo. ¿Qué te pasa?

Inspira y expira profundamente por la nariz y deja que su cuello caiga hacia atrás para apoyarse en su hombre.

— Finn no debía ser el único alfa que quería un fatel bajo su control, como compañera.

Probablemente no, pero cómo... Interrumpo mis pensamientos cuando la realidad me golpea como un uppercut. Jadeo al darme cuenta del horror de la situación.

— Crees que el alfa es el padre de la hija de Blood.

Una segunda rama se empotra junto a la primera.

— ¿Un padre? Seguro que no. Solo un progenitor.

Gruño en voz baja, apretando las mandíbulas tanto que casi me rompo un diente. Han abusado de mi hermana de la peor manera posible. Los metamorfos que me rodean no se quedan al margen. Estoy rodeada de hombres con los ojos brillantes. Sus bestias están furiosas y claman justicia por mi hermana, por mi pueblo.

— ¿Cuál es el plan de ataque?

Connor respira el olor de Sevana para controlar a su guepardo mientras ella se frota contra él. El alfa realmente tiene un problema con los olores. No soporta no llevar el de su mujer, y viceversa. Una vez satisfecho, le da un beso en el pelo y nos mira con sus ojos oscuros que han vuelto a su forma humana.

— Es sencillo, pero requiere una coordinación sin fisuras. Por lo tanto, os pido que estéis atentos. No dudéis en hacer preguntas. No debemos olvidar nada y, sobre todo, no dejar nada al azar.

Asentimos, pendientes de cada una de sus palabras.

—Me he puesto en contacto con el gobernador para explicarle la situación y, sobre todo, para comunicarle nuestras sospechas sobre el pueblo fatel. No hace falta decir que no le ha gustado saber que los rebeldes llevan tanto tiempo burlándose de los humanos. Por lo tanto, ha alertado a las autoridades competentes y al ejército. Aquí es donde las cosas se complican. Para los humanos, aparte de diferenciarnos por la raza, son incapaces de distinguir entre dos osos o dos leones. Por lo tanto, se ha decidido que los militares permanecerán en la retaguardia, fuera del territorio, para detener todo intento de fuga, salvo en el caso de las manadas de hienas, ya que son todas rebeldes. Los nuestros estarán en primera línea. Por lo tanto, será necesario actuar lo más rápidamente posible para dividir a los disidentes. La sorpresa será nuestra mayor ventaja. Los rebeldes no esperan nuestra llegada. Tenemos que ser lo más discretos posible. Nuestra prioridad será localizar los posibles prisioneros fatels para liberarlos. Podrán ayudarnos si confían en nosotros.

Me aclaro la garganta para intervenir.

— ¿Por qué confiarían en vosotros? Si los fatels han vivido en cautividad toda su vida, para ellos serás un metamorfo más. A mí me costó creeros cuando me revelasteis las mentiras de Finn. Lo mismo podría ocurrir con estos fatels, algunos de los cuales probablemente estarán traumatizados.

— Soy consciente de ello, pero esta es nuestra oportunidad de salir de esta sin demasiados daños. Sin su ayuda, inevitablemente habrá fracasos.

Sé que tiene razón. Sin embargo, esta falla en su plan es enorme. Rezo para que mi pueblo discierna a los animorfos buenos de los malos.

— Peter y yo nos hemos reunido a todos nuestros aliados. Un ataque simultáneo es la única opción viable. Así que vamos a dividirnos. Cada fatel y su compañero atacarán a una manada rebelde diferente. Dirigiréis el grupo. Las prisioneras confiarán en vosotras, chicas. Para vosotras, todo debería ir mejor.

Ashley tiene una propuesta que hacer. Da un paso adelante, decidida.

— Tienes razón, Connor. Para nosotras será más fácil ganarnos su confianza. Estoy convencida de que hay fatels solo entre los disidentes.

— ¿A qué te refieres?

— Míranos.

Señalan con el dedo.

— Cuatro fatels, tres historias diferentes. ¿Por qué no habría otros fatels ocultos entre los humanos? ¿O entre manadas de metamorfos que los protegen de los rebeldes en silencio?

— Obviamente, es una posibilidad, pero no podemos estar seguros y no es como si pudiéramos hacer un llamamiento. Te lo he dicho, tenemos que ser discretos.

— Discreto no quiere decir inconsciente. Tenemos que revelarnos.

— Pero...

— No es el plan, Connor. Nosotras cuatro tenemos que revelarnos.

Trago con dificultad. La propuesta de la bonita rubia me da escalofríos.

— Debemos ponernos bajo la protección del gobernador a los ojos de todos. Por un lado, porque nos hará intocables, los humanos no dejarán que los metamorfos nos exterminen por segunda vez sin hacer nada, y por otro, podría animar a otros fatels a hacer lo mismo. Los fatels podrían salir de su agujero y darse a conocer al gobernador. Esto significaría más poder para nosotros y menos riesgo de pérdida.

— ¿Quieres desvelar el secreto de los fatels para que humanos y metamorfos se unan a la causa?

— Sí. Es la mejor solución.

El alfa ha abrazado con más fuerza su compañera sin darse cuenta, al igual que los demás hombres presentes. Tiene miedo por ella. Greg no parece tener un mejor estado de ánimo.

— ¿Sean? Estás muy callado.

El beta tiene los ojos puestos en su mujer. Si fueran rayos láser, estaría muerta desde hace rato.

— Sabe que tengo razón.

— Sé, sobre todo, que me puedes quemar si te contradigo. Pero aun así no quiero que te metas en la boca del lobo.

Ashley le da golpecitos en la cabeza con condescendencia. Son tal para cual.

— No te preocupes, prefiero a los leones.

— Qué graciosa.

Se produce un silencio mientras todos sopesan los pros y los contras. Sin embargo, esta decisión solo incumbe a los fatels. Eso inclinaría la balanza a nuestro favor. Tenemos que arriesgarnos.

— Yo estoy de acuerdo.

— Slave…

Acaricio la mejilla de Greg con compasión, pero mi decisión está tomada.

— Lo hago por mi hermana, Greg. En su lugar, me gustaría que mi pueblo luchara por mí.

Las ramas de los árboles salen de la casa donde estamos con un ruido siniestro. Sam también ha tomado su decisión.

— Por mí, bien.

— Por mí, también.

El alfa se inclina ante nuestra determinación.

— OK. Solo necesitamos el tiempo para dar una conferencia de prensa.

Salvo que el plazo no es ampliable, ni mucho menos.

— Blood me ha dicho que tenía hasta pasado mañana para decirle al alfa dónde estoy. Tiene que sacarle la información a Liam.

— Dos días… Es demasiado corto.

— Pero no tenemos elección.

— Lo conseguiremos. La noche va a ser larga. ¿Quién hace café?

Capítulo 17

Liam

Esta ha sido la mejor noche de mi vida. Físicamente dolorosa y frustrante, pero el sueño más reparador que he sentido nunca. Ni siquiera me atrevo a abrir los ojos por miedo a llevarme una decepción. Después de todo, puede que esto solo sea un sueño. Un precioso sueño en el que mi alma gemela se ha acurrucado contra mí para dormir. Su embriagador aroma ha llenado mis fosas nasales toda la noche. Al final, he dormido en el paraíso. Con una erección increíble... Ni siquiera me sorprende. ¿Cómo podría ser de otra manera cuando sus sublimes nalgas se frotan contra mi entrepierna con cada uno de sus movimientos? Gimo de excitación. El cuerpo de mi amorcito se pone rígido de repente por el ruido. ¡Mierda! Seguro que la he despertado. Entreabro los párpados para estrecharla más contra mí mientras admiro su piel lechosa que tengo ganas de lamer. Tanta piel que honrar con mi boca que salivo de antemano.

— Vibras, mi lobo.

Hmm, sí. Vibro de deseo por mi compañera que no lleva más que un pantaloncito corto y una camiseta de tirantes que deja al descubierto sus tentadores hombros. La beso con deleite y mi mujer se mueve aún más contra mí, lo que intensifica la presión sobre mi sexo.

— Hace cosquillas.

Quizá, pero no es solo eso. El olor de su deseo me golpea con fuerza. No me tranquiliza, sino todo lo contrario. La deseo tanto que me duele. Mi ardor se intensifica por toda la superficie de su piel, desde el cuello hasta el brazo.

— Ya basta, grandullón. Una niñita…

Ni siquiera tiene tiempo de terminar la frase cuando una niñita despeinada entra en la habitación.

— …duerme en la habitación de al lado.

Le respondo mientras me pongo boca abajo sobre el colchón. Entre dos males, hay que elegir el menor. Es mejor exponer mi trasero a su vista que la parte delantera.

— No, ya no duerme. ¿Tienes una sábana por ahí? Tengo como… un problemilla.

Mi compañera se ríe mientras le doy un poco de margen para recoger la sábana del suelo.

— Desprendes tanto calor que he tenido que destaparme para no morir deshidratada. Te recuerdo que me gusta la frescura, por si lo has olvidado.

Lo recuerdo, y estoy encantado de saber que la hago acalorarse. Nada más ocultar mi pudor bajo la tela, la niña se sube al colchón y se cuela entre nosotros.

— Dormís como los enamorados.

¿Estoy alucinando o las mejillas de mi compañera se vuelven de un espléndido tono rosado? Y no estoy decidido a sacarla del apuro en el que parece estar.

— Por supuesto, Lili, porque estoy enamorado de tu mamá.

La niña tiene los ojos tan grandes como su madre.

— ¿Es verdad?

— Nunca miento, Lili.

La niña comienza a saltar en la cama como si estuviera en un trampolín.

— ¡Bieeen! Tengo un papá como en los libros de historia.

Suelto una carcajada ante su repentina alegría hasta que me encuentro con la mirada de Blood. Me detengo instantáneamente ante su mirada indescifrable. ¿Habrá tomado la decisión de rechazarme a pesar de sus evidentes sentimientos hacia mí? Porque estoy convencido de que me ama. Me ha dado su confianza al permitirme acercarme a su hija. Nunca lo habría hecho por un hombre que solo estaba de paso en su vida. Sin embargo, mi repentina confianza en el futuro se desmorona a medida que pasan los segundos.

— ¿Y si vamos a desayunar? Debes tener hambre, cariño.

— Me muero de hambre. Quiero cereales, zumo de naranja, tostadas y...

Un verdadero metamorfo está hambriento como un lobo al despertar.

— Vale, vale. Venga, vamos.

Me dejan allí solo y perdido en la cama, mientras se dirigen a la cocina de la mano.

Me doy cuenta de que ni siquiera puedo unirme a ellas porque no tengo nada de ropa cerca. Bueno, al menos mis pantalones, porque mi camiseta no sobrevivió a la metamorfosis de ayer.

— Me parece que necesitas esto.

Mi mujer se posa contra el marco de la puerta, con los vaqueros en la mano.

— Sí, gracias. No quiero traumatizar a Lili. Los metamorfos se sienten muy cómodos con la desnudez, pero ella aún es una niña y no conoce ese lado tan liberado de mi pueblo.

— Y prefiero que siga sin conocerlo, si me lo permites.

¿Quiere que siga ignorando esta particularidad o los hábitos de los metamorfos en general? Mi compañera no sabe nada de mis tormentos y sigue esperando con los brazos extendidos.

— Por supuesto.

Me levanto para recoger mis pantalones y su mirada se desliza sobre mí, incendiando mi ser. Ojalá pudiera quedarme helado, como ella, cuando está conmigo, pero es imposible. Mi erección, que se había calmado, recobra vigor mientras mi lobo aúlla en mi cabeza. Este depredador quiere capturar a su presa para devorarla, metafóricamente hablando.

— Estás muy en forma por la mañana.

Su sonrisa irónica me enardece aún más. Esos labios... Los beso salvajemente antes de volverme loco y tirarla sobre el colchón como un cavernícola. Se agarra a mis bíceps y responde febrilmente a mi asalto, calmando un poco mis preocupaciones. Finalmente termina el beso bajo mis protestas.

— Lili no nos dejará solos por mucho tiempo. Deberías ponerte los vaqueros antes de que vuelva.

— ¿Segura?

Me gusta oírla reír. Quiero oír ese sonido más a menudo.

— Segura. Pronto podremos...

Sus ojos miran por un momento mi virilidad antes de volver a mi rostro.

— Conocernos más. Sin embargo, tendremos que esperar un poco más.

La envuelvo en mis brazos después de vestirme.

— ¿Entonces te quedarás conmigo después de la derrota de los Féroce?

— Me encantaría que intentáramos formar esa familia de la que habla Lili.

Mi sonrisa se ensancha tanto que me duelen los cigomáticos.

— ¿Una familia con Lili y sus hermanos?

Un frío glacial se apodera de nosotros. Juraría que las estalactitas están a punto de salir del techo.

— ¿He dicho alguna estupidez?

Blood retrocede y se rodea con los brazos. Ella, que es de sangre caliente, de repente parece que tiene frío y rechaza mi consuelo. Entonces, la siniestra frase de Fletcher me viene a la mente. «Ni siquiera es buena teniendo hijos». Todo tiene sentido en mi mente. Fletcher no ha dejado de violarla después del nacimiento de Lili.

Simplemente, no volvió a quedarse embarazada nunca más y eso puso fin al abuso. Me siento mal por haber sacado ese tema tan difícil.

— Lo siento, cariño. No quería...

— Está bien.

— No, no está bien.

Agarro su mano para llevarla de nuevo a mis brazos, que es su sitio.

— No necesito tener una gran familia, cariño. Solo os necesito a ti y a Lili para sentirme completo.

Baja la cabeza, avergonzada. Odio esa expresión triste en el fondo de sus iris. Le levanto la barbilla del dedo índice.

— Te amo, Blood.

Gruño cada vez que pronuncio ese nombre. Tendrá que buscar otro.

— No necesito tener hijos para ser feliz.

— Yo...

Una lágrima cae por su mejilla, silenciosa, seguida de otra que se congela tan rápidamente como la anterior.

— Puedo tener hijos.

— Entonces por qué Fletcher...

— Tuve un niño. Después de Lili. Ella no era más que un bebé. No puede recordarlo.

Me quedo con la boca cerrada ante el sufrimiento de mi mujer. Tengo una multitud de preguntas, pero no quiero abrumarla o no me dirá nada.

— El alfa solo quería niñas. Piensa que son más fáciles de manipular.

Me estremezco, temiendo adivinar lo que sigue.

— Mató a mi hijo el día en que nació. Se enfadó mucho cuando vio que era un niño. Se apoderó de mi hijo sin piedad y lo mordió hasta desangrarlo completamente, luego lo tiró a un lado como si fuera un deshecho.

Un río de hielo se ha formado en su rostro al revivir el momento más doloroso de su vida. Solo ha aguantado por su hija. Mi lobo se agita. Los lobatos son un tesoro para una manada. No puede entender a un metamorfo que hace daño a un pequeño, el suyo propio, además.

— Era joven e idiota. Pensé que, al ver a su hijo, niña o niño, él...

— ¿Se ablandaría?

— De alguna manera, sí. No le prestaba atención a Lili, pero nunca le había hecho daño. Fui lo bastante ingenua para creer que tener otro hijo le haría ver el valor de la vida.

Le acaricio el pelo con suavidad para intentar apaciguar su dolor. Dolor que se convierte poco a poco en pura rabia.

— Nunca más le di la oportunidad de lastimar a uno de mis bebés después de eso.

Frunzo el ceño. No estoy seguro de haber comprendido lo que quiere decir.

— ¿Qué quieres decir? ¿Tienes otros hijos que has estado escondiendo?

No veo cómo sería posible, a menos que un metamorfo de la manada la haya ayudado. Lo dudo. Me habría informado si hubiera tenido un aliado en la manada de los Féroce.

— No. Solo tengo a Lili. Me aseguré de no volver a quedarme embarazada.

Mi ceño se frunce aún más. Mis cejas deben estar a punto de tocarme el pelo.

— Mi poder es fluctuante. Puedo crear hielo o enfriar cualquier parte de mi cuerpo sin sufrir. Pero los espermatozoides...

— Te has congelado el útero cada vez que has tenido relaciones sexuales para asegurarte de no volver a quedarte embarazada.

— Tenía que hacerlo. No hubiera soportado perder a otro hijo.

— Te entiendo, cariño. Has hecho lo correcto.

— Para Lili, yo estaba demasiado débil para actuar así y nunca hubiera imaginado que Fletcher mostraría tanta indiferencia por su propia hija. En cuanto a mi niño...

— Shh. No hay necesidad de revolver el pasado. Hiciste lo correcto, te lo aseguro.

— A Fletcher le costó enterrar su sueño de tener un ejército de fatels bajo su control. Después de un tiempo, dejó de tocarme y desde entonces ha estado esperando a Lili crezca.

Curvo los labios, furioso.

— ¿No me digas que quiere que ella ocupe tu lugar en su proyecto?

— No. Al menos, no hasta hace poco. Quería usar sus poderes en su beneficio. Sin embargo, desde la aparición de Slave, en su cabeza de hiena ha brotado la idea de que es posible encontrar a una sustituta.

— Por eso se empeña en atraparla.

— Sí. No sabe que otros fatels han sobrevivido, y menos mal, o querría construir un harén. El problema es que amenaza con usar a Lili si no consigue a Slave.

Eso explica la inoportuna visita de Hartcher. Una amenaza explícita ante la ausencia de resultados.

— No te preocupes. Nadie va a tocar un pelo a Lili. No son los fatels quienes serán prisioneros, sino Fletcher que va a morir, y de una forma extremadamente dolorosa.

Capítulo 18

Blood

La sinceridad y el amor absoluto brillan en las pupilas no del todo humanas de Liam. Su lobo, cerca de la superficie, está en total armonía con el macho de innegable atractivo sexual que tengo enfrente. Nunca me había sentido tan aceptada en toda mi vida. Mi compañero me entiende mejor que nadie. Creo que la historia de su hermana tiene mucho que ver. Si me atreviera a decirlo, diría incluso que me admira, pero no veo por qué lo haría. No he hecho nada extraordinario. Solo he actuado por instinto, para proteger a mi hija.

— Me importas mucho, Liam. Te prometo que volveremos a hablar de tener hijos más adelante, cuando ya no estemos a merced de los Féroce. Quiero dejar de temer por la vida de Lili hasta de pensar en tener más. No quiero que nuestros hijos se preocupen por su futuro, o por nosotros, porque sé que Lili se preocupa por mí cuando no estoy. Quiero que tengan una verdadera infancia.

— ¿Con juguetes, mimos y paseos por el bosque?

— Y también un padre que se preocupará por ellos más que nada.

Mi hombre asiente con la cabeza, tan serio como yo.

— Tendrán todo eso y más. Vayamos con Lili antes de que piense que la abandonamos para estar juntos. Más tarde, me contarás tu conversación con Slave. Ayer me dormí demasiado rápido.

Esto me recuerda las razones de su intenso cansancio.

— ¿Cómo están tus heridas esta mañana? ¿Te encuentras mejor?

— Estoy bien, no te preocupes. Mira, las heridas están medio cicatrizadas.

Efectivamente, las heridas de las garras son la mitad de profundas, aunque sigue sin tener buena pinta.

Lili nos reprende con la mirada cuando entramos en la cocina.

— ¡Pensé que nunca vendríais! ¡Ya me lo he comido casi todo!

Es verdad, mi hija ya casi se ha comido su tazón de cereales y, las tostadas no son más que un recuerdo lejano de que solo queda la mermelada en los dedos.

— ¡Veo que tenías hambre!

— Hambre de lobo.

Mira fijamente a Liam, con los ojos sonrientes.

— Veo que estamos graciosas esta mañana. A ver si sigues siendo tan listilla cuando te haga cosquillas.

Liam hace que sus dedos bailen ante una Lili ya de por sí jovial. Salta del taburete para huir antes de que él la alcance, pero carece de destreza.

— Te tengo, pequeña traviesa.

Liam le roza las caderas y Lili se retuerce como un gusano. Ella finge querer hacer lo mismo con él, pero detiene su gesto a unos centímetros de su piel.

— Tienes pupas.

El humor ha abandonado su rostro juvenil y ha sido sustituido por la angustia y la ira. Veo sus garras salir y sus pupilas alargarse.

— No es nada, Lili. Solo un accidente.

— Soy pequeña, pero no estúpida. Te has peleado con otro metamorfo.

Mi hija no quiere quedarse al margen. Espera honestidad del hombre al que se ha acercado a gran velocidad y Liam no la decepcionará.

—Tienes razón, Lili. Mi lobo se peleó con un animorfo malo y me golpeó en los costados. Pero no debes preocuparte por mí. En primer lugar, porque soy un adulto y es mi trabajo protegerte a ti y a tu madre. Y segundo, porque como metamorfo, me curo mucho más rápido que una persona normal. Tal vez también sea tu caso.

Mi hija se encoge de hombros.

—No lo sé.

Yo tampoco. Siempre me he asegurado de hacer todo lo posible para no tener que descubrirlo. Probablemente la he sobreprotegido, pero soy así.

— ¿Nunca has tenido un moretón? ¿Nunca te has golpeado?

— Ya me he lastimado antes, pero nunca he tenido marcas.

— ¿Nunca, nunca?

— No.

Liam es listo. No hace falta una herida importante para conocer la capacidad de curación de Lili.

— Entonces seguro que eres como yo. Nos curamos tan rápido que no nos salen moretones cuando nos hacemos daño.

Por dentro, me alegro. Eso significa que Lili es más fuerte de lo que parece. Pero estoy menos entusiasmada de ver una nueva contribución de su progenitor. Como si ver sus ojos no fuera suficiente recordatorio. Nunca he estado resentida con Lili. La he amado desde el momento en que la sostuve en mis brazos. Esto no quita los malos recuerdos de su concepción.

— ¿En qué estás pensando, cariño?

— Nada especial.

Liam se inclina para susurrarme al oído.

— Mientes bien con la boca, pero tu poder me dice otra cosa.

Efectivamente, la temperatura de la habitación ha bajado. Lili se frota los brazos para entrar en calor mientras me mira.

— Lo siento.

Vuelvo a tomar el control de mí misma y decido cambiar de tema.

— ¿Qué hacemos hoy?

El rostro de Lili se ilumina.

— ¿Hoy tampoco trabajas?

— No está previsto, no.

Mi hija salta a mis brazos para abrazarme.

— Me encanta cuando estás conmigo en casa.

Tengo lágrimas en los ojos. Me ausento tan a menudo...

— A mí también me gusta pasar tiempo contigo, Lili.

— ¿Mamá?

— ¿Sí, cariño?

— ¿Puedo convertirme con Liam? Me gustaría que me enseñara a ser una metamorfa como él.

Eso no me lo esperaba. Inconscientemente, he frenado su lado animorfo y ella sufre por ello. No tengo derecho a ocultar una parte de ella.

— Claro, si Liam está de acuerdo.

Este último sonríe de oreja a oreja.

— ¡Me encantaría! Dame solo un ratito para comer o no serviré para nada. Después, soy todo tuyo.

— Yupi, me voy a vestir y ya vengo.

Lili se va como un pequeño tornado a su habitación para prepararse para el que probablemente va a ser el día más emocionante de su vida.

— ¿Estás segura de que estás de acuerdo con esta decisión, cariño?

Liam me mordisquea el lóbulo de la oreja.

— Segura. Es medio animorfa. No tengo derecho a impedirle que viva plenamente lo que es.

— Eres una madre excepcional, cariño. Lili es increíblemente afortunada de tenerte.

Continúa su exploración, raspando suavemente sus caninos en el hueco de mi cuello y en mi clavícula. Mi

286

temperatura interna se dispara, ya que me muero por frotarme contra él. Excepto que claramente este no es el lugar ni el momento.

— Sabes que Lili volverá pronto y no querrá esperar si no has terminado de desayunar.

Liam suelta un gemido de decepción y deja caer la cabeza sobre mi hombro.

— Tenemos que irnos de aquí.

— ¿Qué diferencia habrá en nuestra falta de intimidad, mi lobo?

— En los Ángeles Guardianes, habrá un montón de titas dispuestas a hacer de canguro para darnos un momento de tranquilidad. Mi lobo se va a volver loco si no puede marcarte con su olor.

— ¿Solo tu lobo?

Pone mi mano en su bragueta, a punto de romperse.

— Yo también, cariño, yo también.

Aprovecho mientras come para contarle por fin mi conversación con mi gemela. Permanece en silencio todo el tiempo, con un rostro inquietantemente serio.

— ¿No tienes nada que decir? ¿Sin comentarios? ¿Alguna pregunta?

— La verdad es que no. Está a punto de estallar una guerra y no puedo hacer nada para participar en ella. Estoy preocupado por mis amigos, pero no puedo ayudarles desde aquí.

— ¿Estás decepcionado?

— Más bien frustrado.

Echo un vistazo a su entrepierna. Solo quería relajar el ambiente, y funciona a la perfección. Liam se echa a reír.

— ¡En ese sentido también!

Sacude la cabeza un segundo mientras termina su café.

— Estoy preocupado por mi binomio, Owen. En los Guardianes, los dominantes forman dúos para cubrirse las espaldas. Entrenamos y perfeccionamos nuestras técnicas juntos. Espero que mi deserción no lo ponga en peligro.

Liam lo ha sacrificado todo para seguirme. Aunque no se arrepiente de nada, se preocupa por los suyos.

— ¿El compañero de Slave es uno de los dominantes?

— Sí. Pero hace poco que se ha unido a nosotros. Todavía no tiene la función de teniente. Supongo que trabajará con Owen en esta misión. Si Connor realmente declara una guerra abierta a los disidentes para rescatar a otros fatels, entonces se repartirán los ataques. Owen vendrá a por los Féroce, así como Greg y tu hermana.

— ¿Por qué crees que serán ellos los que vendrá a socorrernos y no tu alfa?

— Eres importante para Slave. Eres su gemela. Insistirá en venir y donde quiera que vaya, Greg también irá. Owen vendrá por mí. Somos casi como hermanos.

— Bien. Entonces podemos tener esperanzas.

Llevo horas viendo jugar juntos al lobo de Liam y Lili y no me canso. Mediante una multitud de pequeños ejercicios que parecen anodinos, mi compañero está enseñando a mi hija a domar su lado animal para poder defenderse si es necesario. Con la batalla que se avecina, me alegra tanto como me angustia. Lili no debería tener que luchar, pero, por otro lado, nos estamos sumergiendo en una profunda piscina de ignorancia y debemos estar preparados para cualquier cosa.

— Usa tu hocico, Lili. Siente los olores, detecta las diferencias de fragancia. El olor de tu madre y el mío son diferentes. Aunque tus ojos te digan algo, es tu nariz la que te dará todos los datos que necesitas.

Lili ha escuchado las recomendaciones de Liam y usa la nariz desde que se ha metamorfoseado. Por cierto, es un lobo muy bonito, de pelaje gris oscuro, casi negro y de una suavidad insospechada. Liam le está enseñando a clavar sus garras en el tronco de un árbol. Sin duda, este método dañaría a un ser humano. Mi hija no deja de hacer preguntas. ¿Cómo morder sin lastimarse los colmillos? ¿Le volverán a crecer las garras si se rompe una? ¿Pueden dos personas oler igual? A este paso, se hace de noche mientras mis dos amores siguen divirtiéndose, habiendo hecho solo una pausa para comer. Me duelen las mejillas de sonreír como una idiota ante este espectáculo. Excepto que mi sonrisa se desvanece cuando la mirada de Lili se dirige hacia la puerta mientras gruñe como un animal. El lobo de Liam la empuja con el hocico para esconderla detrás de él, pero es demasiado tarde, Fletcher la ha visto y me echa una mirada que anuncia represalias ejemplares.

— Me has ocultado cosas, Blood. Tu hija no es tan humana como parece.

— Fuiste tú quien dijo que no era metamorfa.

— Y tuviste cuidado de no disuadirme, por lo que veo. ¿Me has ocultado otros acontecimientos que debería conocer?

Su tono condescendiente me da escalofríos. Sabe algo, lo noto. Excepto que últimamente no le he contado muchas cosas y no me gustaría revelar un secreto que él no conoce.

— No sé de qué hablas.

Fletcher me muestra los colmillos y su piel se cubre de pelo negro y fuego. Su paciencia tiene límites y parece que los ha sobrepasado.

— ¡Te hablo de la existencia de otros fatels que tu hermana en los Ángeles Guardianes!

Pero… ¿cómo? Se me debe notar la sorpresa en la cara.

— ¿Sorprendida de que lo sepa? Esos imbéciles han dado una rueda de prensa ante los humanos para presumir de ello. He tardado todo el día en recibir esta información, ya que Hartcher lleva desaparecido en combate desde anoche. Supongo que eso tampoco lo sabes, ¿verdad?

¿Hartcher? No lo vi ayer. Sin embargo, Liam se peleó. ¿Con el beta? No lo muestro, pero creo que he adivinado la identidad del segundo luchador.

— Bien. Veo que vamos a tener que tener una seria discusión cara a cara. Sígueme.

Liam empuja a Lili hacia la casa para colocarse delante de mí, dispuesto a abalanzarse sobre el primero que quiera apartarme de él, cosa que al alfa de los Féroce no le agrada en absoluto.

— Sostén tu chucho, Blood, si quieres que conserve todas sus patas.

Fletcher se inclina un poco hacia un lado, mirando a Liam.

— Qué heridas tan interesantes, perro. Creo que tengo un principio de explicación para el silencio de mi segundo al mando. Ahora, a la perrera.

Mi compañero no lo oye. Gruñe aún más fuerte, salivando en exceso. Esto va a terminar mal. Fletcher no peleará limpio. Nunca viene solo aquí. Siempre se cubre las espaldas. Si puedo hablar con mi hermana a pesar de la distancia, no hay duda de que puedo hacer lo mismo con mi lobo.

— *Protege a Lili. Todo irá bien. Vuelvo pronto. Cuida de… nuestra hija.*

Porque ha sido más padre para ella en dos días que el alfa desde que nació. Liam me mira a través de los ojos de su lobo.

— *Por favor. Me pondré en contacto con Slave para informarle de la urgencia de la situación. Mientras tanto, protege a Lili por mí. Te lo suplico. No aguantaré si tengo que preocuparme por ella.*

Apenas baja el hocico, pero sé que me ha oído. Me deja pasar a regañadientes, mirando al alfa con odio. No pierdo el tiempo y me pongo en contacto con mi hermana al pasar el portón que se cierra tras de mí con un tintineo lúgubre.

— *Daos prisa. Fletcher está muy enfadado.*

— *Estaremos allí en una hora. Aguantad.*

Una hora. Espero que no sea la última de mi vida.

Capítulo 19

Liam

Ver al alfa agarrar a mi compañera del brazo con fuerza me rompe el corazón y es un insulto para mi lobo. Mi animal echa espuma de rabia mientras imagina matar a Fletcher de un millón de maneras diferentes. Lo importante es que yazca en un charco de sangre. Si mi mujer no me lo hubiera suplicado con sus grandes y expresivos ojos, me habría lanzado al cuello de esa hiena a la primera oportunidad. Sin embargo, mi lobo y yo entendemos la necesidad de cuidar a Lili. La considera su hija, su pequeña. Para un lobo, no hay nada más importante que sus lobatos. Esto no hace que la situación sea más soportable. Espero que mi manada no esté lejos. No puedo vivir sin mi alma gemela, y no estoy seguro de que ella pueda soportar más abusos. Ya ha pasado por tanto...

Me cuesta entender por qué los fatels de mi manada se han revelado. ¿Para estar bajo la protección del gobernador quizá? al vez los Ángeles Guardianes cuenten con un levantamiento masivo de la población ahora que se ha destapado el exterminio del pueblo fatel. Han asumido un riesgo enorme. Fletcher no parece darse por vencido. Al contrario, he podido ver su codicia. Probablemente, espera hacerse con las hembras fatales para ampliar su harén. Representan su esperanza de conseguir su objetivo: un ejército de niños fatels a su disposición, bajo su dominio, que le obedecen sin rechistar. Sin embargo, ha calculado mal: los niños son leales a la persona que los quiere y el desprecio del alfa por Lili es más que evidente. Aunque esté lejos de su madre, nunca será dócil. Es una loba de corazón, con una lealtad inquebrantable hacia quien la ha amado desde que nació. No sé cuánto tiempo llevo mirando el portón por el que se fue mi mujer cuando dos bracitos se enrollan alrededor de mi cuello.

— Mamá volverá. Siempre vuelve.

Mi lobo lame la nariz de Lili para consolarla. A pesar de la confianza que tiene en su madre, la niña está tensa. Mi animal la empuja un poco hacia delante. Tengo que recuperar mi cuerpo de hombre y prefiero que me dé la espalda, cosa que ella comprende.

— Te espero dentro.

Me metamorfoseo con un chasquido característico de mis huesos y tiro de mis pantalones, que estaban justo al lado de la puerta. Entonces comienza una larga espera que amenaza con volverme loco.

Lili dormita a mi lado en el sofá, con su libro en precario equilibrio sobre las rodillas, mientras yo intento no explotar y romper todo lo que me rodea. · Mi compañera no ha vuelto a contactarme desde que Fletcher vino a buscarla y solo puedo adivinar el sufrimiento que está soportando a manos del alfa de las Féroce. Peor aún, Hartcher podría salir de su guarida para ayudar a castigar a mi bella. No hay duda de que el alfa se ha dado cuenta de que Blood consigue ocultarle información a pesar de su olfato de metamorfo. No ha debido de gustarle que juegue así con él. Gracias a nuestro vínculo, sé que está viva, pero eso no basta para apaciguarme. Mi cordura pende de un hilo mientras por mi cabeza pasan todo tipo de imágenes lúgubres. Mis garras acaban por perforar los reposabrazos del sillón.

— Mamá está bien, ¿verdad?

Ni siquiera me había dado cuenta de que Lili había aparecido y me miraba fijamente.

— Por supuesto. Tu mamá es la mujer más fuerte que conozco. Regresará pronto. Nadie podrá impedirle que se reúna contigo.

Quiero mostrarme tranquilizador a pesar del nudo de ansiedad que tengo en la garganta. Me levanto de un salto cuando se abre el portón exterior. El chirrido que anuncia su apertura me hace salir corriendo y encontrarme cara a cara con Hartcher, que no hace más que sonreír.

— Nos volvemos a encontrar.

El beta lanza su mano hacia delante para clavar sus afilados dedos con garras en mi abdomen. Estoy tan ansioso por volver a encontrarme con mi mujer que he sido negligente. Me he arrojado a la boca de la hiena sin dudarlo. Lili hipa de estupefacción detrás de mí. Lili... le he hecho una promesa a su madre. Tengo que salvarla, cueste lo que cueste, y mantendré esta promesa, aunque sea lo último que haga en mi vida. El beta también ha sido negligente. Ha dejado el portón abierto.

— Lili, huye.

Me metamorfoseo, con la mano de la hiena aún dentro de mí, lo que me causa un dolor insoportable, y aprisiono a mi oponente con mis cuatro patas para que no se mueva. Tengo el tiempo justo de ver a una pequeña híbrida pasar corriendo a mi lado antes de que me lancen por los aires con una fuerza sorprendente. Es imposible. No puede haberse recuperado tan pronto. Yo mismo aún no me he recuperado del todo. Imposible. A menos que...

— Veo que lo has entendido. Tu alma gemela tiene un sabor exquisito. Lástima que no haya sido capaz de oponer resistencia. Me gusta cuando es... un poco más agitado.

Saber que ha clavado los colmillos en la piel de mi compañera es insoportable. Mi lobo se precipita hacia adelante, mostrando todos los dientes, pero mi mandíbula muerde el aire cuando Hartcher se convierte en hiena en un salto. Finge querer perseguir a Lili, pero mi animal interviene. El beta será más fuerte que yo, pero no más rápida. Estoy mal, pero mientras tenga fuerzas para luchar, no me rendiré. Nunca. No le he mentido a Blood. Estoy dispuesto a morir por mi familia. Nunca más permitiré que seres abyectos pongan sus manos en alguien a quien amo. Hartcher probablemente pensó que rendiría al darme cuenta de que se había atiborrado de sangre fatel. Se ve que no me conoce. Nunca doy la espalda al peligro. Solo lamento que Owen no esté a mi lado. Nos rodeamos, evaluando al oponente. Con toda objetividad, Hartcher no presenta ninguna falla. Es cuidadoso con sus patas, ya que nuestro último duelo le sirvió de lección. Por mi parte, me sigue un gran reguero de sangre, mi visión tiende a rodearse de puntos negros en la periferia. Es posible que esté viviendo mis últimos momentos. Hago acopio de fuerzas para frenarle lo máximo posible. Lo principal ahora es darle a Lili la oportunidad de alejarse lo más posible antes de que el beta vaya a por ella. Salto sobre su espalda, hundiendo mis garras y dientes en la grasa superficial de su piel. Me tira sin la menor dificultad. Lástima. Le bloqueo el paso al portón, es lo principal. Hartcher intenta cargar, pero le corto el hocico con mis afilados dientes, nublándole la vista el tiempo suficiente para que se aleje de su objetivo. El beta escupe y bufa, descontento. Sus ojos se convierten en dos pozos nocturnos sin fondo mientras arremete contra mí por última vez, con la mandíbula desencajada. Estoy demasiado débil para evitarlo. Esta vez es el final para mí. Me preparo para recibir el golpe, flexionando las patas para mantenerme en el suelo. Abro la boca, decidido a llevarme un trozo de la carne de esta hiena al más allá. Excepto que el choque de pieles no llega a producirse. Un aullido atraviesa la niebla de sangre que obstruye tanto mi visión como mis tímpanos. El grito estridente me retuerce tanto el cerebro que tengo la sensación de que mi cráneo va a estallar por la presión. Hartcher parece tan afectado como yo. El beta se derrumba en el suelo antes de llegar a mí, se hace un ovillo en la hierba y se frota las orejas para detener ese sonido demasiado agudo para nuestros sentidos hipersensibles. Me arrastro miserablemente fuera del recinto, gimiendo por el dolor interno, cuando todo se detiene tan repentinamente como comenzó. El beta tiene las orejas llenas de sangre. Parece que está sufriendo el martirio. La sangre fatal multiplica por diez todas las habilidades de los metamorfos, y el oído no es una excepción. Tiene problemas para recuperarse de este ataque insidioso. Recupero dolorosamente mi apariencia humana para cerrar el portón y lo encierro en el lugar de mis mujercitas. Ya es hora de que esta hiena experimente el cautiverio. No pierdo más tiempo, ya que no podré resistir otro ataque, y me tambaleo siguiendo el rastro de Lili. Sonrío al oler su aroma floral mezclado con el olor más terroso de mi pantera negra favorita. Por fin han llegado los refuerzos. Sin embargo, mi buen humor se desvanece cuando el olor de una sangre que no es la mía me asalta las fosas nasales. Acelero el paso y encuentro a Lili postrada junto a un hombre. Necesito unos pasos más para darme cuenta de que se trata de Owen, tendido en el suelo, con los ojos muy abiertos.

— ¿Owen? ¡OWEN!

Lo sacudo, pero sus ojos permanecen irrevocablemente vacíos. Lili llora suavemente a mi lado.

— Tenía el aspecto de mamá, pero no era ella. No era su olor, así que cuando ha intentado atraparme, he gritado y me he defendido. Quería evitar que me fuera con mamá. Es la segunda regla. Nadie tiene derecho a alejarme de mamá.

Owen tiene las orejas ensangrentadas, el torso destripado y la garganta parcialmente arrancada. En el fondo sé que ya no está, pero me niego a aceptarlo. Es mi amigo, mi hermano. Conozco a alguien que puede ayudarle.

— ¡SAM! ¡SAM!

Grito con todas mis fuerzas. Sin embargo, no es aquella a la que llamo quien llega corriendo, sino Slave, seguida de Greg.

— Sam no está aquí, Liam. Está en otro territorio con Nate.

Los ojos de la pareja se posan entonces en el metamorfo que tengo en los brazos y que me niego a soltar. Slave se agacha para tocarme el hombro con compasión.

— Ya no está, Liam. Aunque Sam hubiera estado aquí, no habría podido hacer nada. Owen se ha ido. Tienes que dejarlo y concentrarte.

La voz angustiada de Lili se oye.

— ¿Liam? No es mamá.

Sé que me necesita, la oigo, la siento en lo más profundo de mi ser, pero la lucidez me ha abandonado para unirse a Owen. Permanezco allí, postrado, acunando a una pantera que nunca volverá a saltar de árbol en árbol, oyendo vagamente a Slave hablar detrás de mí.

— Hola. Soy la hermana de tu mamá. Soy su gemela. Somos iguales ella y yo.

— No. No es verdad. No oléis igual. Mamá no tiene hermanas. Solo estamos mamá, yo y Liam. Nadie más. No debo confiar en desconocidos.

— Tienes razón. Pero ahora es diferente. Yo soy como tu mamá.

— ¡¡¡NO!!! ¡No eres mi madre!

Lili ahora muestra los dientes frente a una fatel atónita que no esperaba tanta vehemencia.

— Liam, habla con ella.

— ¡Ha matado a Owen!

Greg me quita suavemente a mi amigo de los brazos mientras me habla.

— Es una niña. Es joven y está asustada. Se ha sentido atacada y se ha defendido. Es inocente, Liam. No podía adivinar que Owen no pertenecía a los Féroce. Tendrá que vivir sabiendo que mató a tu amigo. Ya es una pesada carga para ella. No tienes derecho a culparla.

Cierro los párpados para no ver a mi amigo ensangrentado. Detrás de mí, Lili pierde la calma, su voz sube varias octavas, lo que es difícil de soportar.

— Dejadme en paz.

Parece que el estrés ha hecho emerger su poder antes de lo previsto y mis oídos no se recuperarán de un segundo grito.

— Está bien, Lili. Son amigos. Vienen a liberarnos.

Mi voz es seca, pero es lo mejor que puedo hacer en este momento. La niña se hace un poco un ovillo, pero asiente con la cabeza.

— Tengo que encontrar a Blood.

Greg me impide levantarme sujetándome del brazo.

— No estás en condiciones de pelear.

— Es mi alma gemela. ¡Tengo que encontrarla!

Entonces Lili me pone la manita encima y yo le gruño por reflejo. Se retira rápidamente antes de volver a ponerla. Un frío intenso invade mis heridas, lo que detiene las diferentes hemorragias como su madre hizo el día anterior. Cuando termina, da un paso atrás, avergonzada. Me cuesta mirarla a la cara para darle las gracias antes de ir a salvar al amor de mi vida.

— Quédate con ellos, Lili.

— Pero...

Quiere protestar, pero no tengo tiempo que perder en niñerías. Además, necesito un poco de tiempo para admitir que ha actuado en defensa propia.

— Quédate aquí, Lili. Te protegerán.

Ni siquiera le ofrezco una sonrisa reconfortante antes de partir hacia la casa del alfa.

Capítulo 20

Blood

He convertido mi corazón en hielo en cuanto he perdido de vista a Liam. Sabía de antemano, por la mirada enloquecida de Fletcher, que, si no me endurecía, aguantaría. Una hora. Tengo que aguantar una hora antes de que vengan a ayudarnos. He confiado la vida de Lili a mi compañero. No puedo hacer nada por ella, por ellos, por ahora. Debo concentrarme en mí misma y en la ira inminente del alfa. Me sorprende desagradablemente que no me lleva directamente a su casa, sino a una casa cercana. Golpea la puerta como un loco.

— Hartcher, muéstrate. Sé que estás ahí. Apestas a sangre y a miedo.

Unos pasos raspan el suelo de cemento antes de que la puerta se abra y se vea a un beta maltrecho. Sus piernas están sujetas por férulas improvisadas que parecen a punto de partirse.

— El perrito faldero te ha dado una paliza. Ni siquiera has tenido tiempo de cumplir mis órdenes. La niña está en plena forma.

¿Lili? ¿Hartcher vino a por mi hija? La rabia corre por mis venas, galvanizando mi poder. Sin embargo, no tengo tiempo de hacer ningún movimiento cuando Fletcher me clava una cuchilla en el vientre. Orgulloso de su engaño, me empuja contra la beta, que me atrapa in extremis.

— Buen provecho, amigo. Date un gusto y ve a recordar al chucho quiénes son los amos en este territorio.

El beta hunde sus caninos en la piel tierna debajo de mi oreja a una velocidad vertiginosa. Cada nuevo sorbo me vacía un poco más de mis fuerzas. Junto con el dolor que palpita en mi vientre, de repente me siento mareada.

— Oh, no, Blood. Aún no hemos terminado. Tenemos muchas cosas que decirnos antes de que pases a mejor vida.

Así que ya está, ha decidido que ha llegado mi hora. Tengo que mantenerlo alejado de Lili el mayor tiempo posible. No importe mi destino mientras mi hija pueda vivir libre. Solo lamento condenar a Liam conmigo. Si yo muero, él también. Cierro los ojos mientras Fletcher me arrastra tras él medio inconsciente, como una marioneta desarticulada.

Apenas entro en su casa, me arroja a una silla que se rompe por el impacto. Sin fuerzas para agarrarme, me derrumbo sobre las baldosas con un ruido sordo. Mi cráneo golpea la superficie dura con violencia. Casi me desmayo ante la indiferencia de Fletcher. Peor aún, me desprecia.

— No seas nenaza, Blood. ¡Ambos sabemos que eres la persona más insensible que he visto nunca!

Parpadeo varias veces para aclarar tanto mi visión como mis ideas. ¿Es él quien me acusa de insensible?

— Un iceberg. Eso es lo que eres. Un corazón de hielo en un cuerpo frío.

Dice el que no tiene corazón. Respiro con dificultad. He puesto fin a la hemorragia, pero no puedo hacer nada contra el dolor.

— Charlemos un poco. Parece que al final te llevas muy bien con el lobo. ¿Pensabas que si abrías de piernas te protegería de mí? ¡Qué tontería! No puede hacer nada contra mí. Soy el alfa, el metamorfo más poderoso que existe. Tu chucho me debe obediencia, igual que tú. Hartcher se lo recordará antes de explicarle a tu mocosa que me enseñó los dientes quién es el jefe en este territorio.

Suelto una risita dolorosa, cada respiración es un calvario.

— Tu beta ya ha sido derrotado, lo será de nuevo. ¡Apenas puede caminar!

— Tsss, tsss, tsss. Veo que aún no lo has entendido.

Fletcher me echa el pelo hacia atrás para mirarme a los ojos con odio.

— Tu sangre no solo nos hace fuertes. También nos ayuda a sanar más rápido.

Me suelta, haciendo que mi cabeza caiga hacia delante.

— ¡Qué desperdicio! Todo habría sido más fácil si me hubieras dado mi ejército. De todos modos, acabo de enterarme de que quedaban otros fatels. De hecho, tu hermana es parte del lote Esta zorrita no tiene ningún reconocimiento hacia su amo. Mi primo siempre ha sido demasiado amable con ella.

¿Demasiado amable? Lo dudo. Algunas de mis cicatrices tenderían a demostrarme lo contrario.

Bueno... voy a rectificar ese error y darme un capricho. Varias hembras para darme toda la mano de obra que tú no me has dado.

Fletcher es vomitivo. Las fatels no son más que una herramienta para él. Pero ha olvidado algo.

— Están bajo la protección de los Ángeles Guardianes. Nunca podrás acercarte a ellas.

— No digas tonterías. Todo el mundo tiene un precio, incluso esos imbéciles que se creen mejores que los demás.

Estoy encantada de decirle lo que no sabe y que arruinará sus planes.

— Todas esas fatels son las almas gemelas de uno de los metamorfos. Has perdido.

Su hiena sale a la superficie y me muestra los colmillos. El hombre no se queda atrás. El alfa me aprieta la garganta con puño de hierro.

— ¿Cómo lo sabes?

¿Cómo voy a responderle si no me deja respirar?

— He oído que están bajo la protección del gobernador. ¿Por qué dejarían los metamorfos la protección de su pareja en manos de los humanos?

Ahora se hace preguntas a sí mismo.

— ¡Porque es un señuelo!

Maravilloso. Se responde él mismo. Sus garras atraviesan su piel y se clavan en la mía. Congelo la superficie de mi epidermis para no desangrarme. Sin embargo, se me hace difícil utilizar mi don. Mis diversas heridas, combinadas con la mordedura del beta, me agotan. Mucho. Demasiado.

— ¡Vendrán a buscarte aquí, a mi territorio!

Comienza a moverse y libera mi tráquea para sujetarme mejor por los bíceps, que estruja con sus dedos.

— ¡Ni hablar! No encontrarán a nadie a su llegada.

Coge el teléfono para gritarle a cada miembro que huya sin perder tiempo, ni siquiera el tiempo de coger sus cosas, mientras me arrastra junto a él hacia el límite sur del territorio de las Féroce, donde se encuentra mi casa.

Me quedo sin aliento a mitad de camino. Nunca me había arrepentido tanto de estar aislada de la manada. Ahora me gustaría que mi casa se acercara a mí antes de que Fletcher me disloque el hombro a fuerza de tirar de mí. Quiero que Liam me ayude a matarlo para que Lili esté a salvo de una vez por todas. Por otro lado, también tengo miedo de lo que voy a descubrir detrás de la valla cuando un grito desgarrado atraviesa la maleza y resuena contra los troncos de los árboles. Fletcher me suelta para taparse las orejas y me caigo al suelo. Tumbada boca arriba, miro al cielo a través del follaje. Pienso incongruentemente que la puesta de sol es preciosa hoy. El paisaje está rodeado con un halo de reflejos rosas y violetas, como un cuadro. Me quedo ahí, sin mover un músculo, mientras el alfa se retuerce como una lombriz a mi lado. Me alegro de su sufrimiento. Ver la sangre saliendo de sus oídos es un verdadero placer. Tarda mucho en recuperar la compostura. Se levanta cuando termina ese atroz aullido de otro mundo. Su oído ha sufrido un duro golpe. Ahora habla muy alto sin darse cuenta.

— ¿Qué ha sido eso? ¡Levántate! Vamos a buscar a la niña.

No pongo ningún entusiasmo en hacerlo, demasiado contenta de exasperarlo. Eso es todo lo que tengo que hacer, ganar tiempo. De repente, un movimiento en mi campo periférico atrae mi mirada detrás de Fletcher. Solo puedo susurrar su nombre, con lágrimas en los ojos.

— Liam...

Medio sordo, Fletcher no lo oye venir y Liam, desesperado, lo arroja lejos de mí. Mi corazón se estremece al ver en qué estado se encuentra. Está tan herido como yo. Tiene múltiples heridas. ¿Cómo es que no sangra? Me sorprende la frialdad de su cuerpo.

— Cariño, ¿qué te ha hecho?

Se aferra a mí como si fuera un salvavidas. El alfa no nos deja disfrutar de nuestro reencuentro.

— Qué lindo. La bolsa de sangre y el chucho... Siento romper vuestro idilio, pero tengo que recuperar a una niña antes de desaparecer.

— Nunca tendrás a mi hija.

Miro fijamente a Liam. Debe haberla puesto a salvo antes de venir a buscarme.

— ¿Verdad?

— Está con tu hermana. Es intocable.

Una lágrima de alivio corre por mi mejilla.

— Lo hemos logrado.

Asiente con la cabeza, pero detecto en él una vacilación, una tristeza, que nada tiene que ver con su dolor físico.

— No puedo seguir peleando, cariño. Ya no tengo fuerzas.

Le cojo la mano mientras la sombra de Fletcher se cierne sobre nosotros.

— Juntos hasta el final, mi amor.

Entrelazo nuestros dedos y relajo todos los músculos. Si voy a morir, quiero hacerlo a mi manera. Cierro los ojos y libero mi poder. Un viento helado se levanta y nos envuelve en su manto de hielo. Al alfa le castañean los dientes al poner su mano sobre mi boca. Así que ha decidido asfixiarme. Por suerte, hace rato que el entumecimiento amenaza con dejarme inconsciente. Mi partida será rápida. A mi lado, Liam no se mueve y apenas respira. Me da rabia que no hayamos tenido la oportunidad de vivir juntos, de vivir de verdad. Por fin había encontrado al amor de mi vida y lo voy a perder tan pronto. Una descarga eléctrica atraviesa todo mi cuerpo mientras el rencor me consume. Fletcher lanza un grito de espanto que me hace volver a abrir los ojos. Me sorprende verlo con el pelo desgreñado en la cabeza. Parece pegado a mi piel, del que cae granizo por todas partes. Le empieza a salir humo por las orejas, la piel se le llena de ampollas antes de convertirse en una herida purulenta. El olor a carne quemada me sofoca mientras el alfa se desploma sobre mi cráneo, muerto.

— ¡Mamá!

Lili. Mi dulce Lili corre hacia mí, acompañada de mi gemela y de su compañero.

— Te quiero, cariño.

— Mamá, voy a curarte.

Lamento tanto dejarla tan joven. Pero es libre.

— Slave, cuida de mi hija.

Tengo la boca pastosa. Ni siquiera estoy segura de que me entienda cuando hablo. El sueño me vence...

Tres segundos. Una ola de energía me atraviesa a la velocidad del rayo.

— No me dejes, mamá. Tenemos que formar una familia. Lo prometiste.

— ¿Cómo lo has hecho?

— Tengo mis poderes.

— ¿Tu don ha emergido? Haces que recupere las fuerzas. Ocúpate de Liam, cariño.

— Yo…

— ¿Lili?

— No querrá que le ayude. Ahora me odia.

Lili llora desconsoladamente en mis brazos mientras unos hombres con uniforme militar corren hacia nosotros. Mi hermana se hace cargo.

— Rápido, un equipo médico. Están con nosotros.

Acuno a Lili mientras veo cómo estos desconocidos hacen todo lo posible por salvar a mi compañero.

Capítulo 21

Liam

Tengo la sensación de haber dormido una eternidad. Mi cuerpo duda entre el dolor y la fuerza. Sentí que me moría y, a pesar del olor de mi mujer que me hace cosquillas en las fosas nasales, sé que no estoy en el cielo. Abro los ojos y veo una habitación blanca sin alma, donde me descubro conectado a una multitud de máquinas. La habitación del hospital es invadida por metamorfos acurrucados en cada rincón con sus compañeras en brazos. Solo falta uno. Esta constatación me encoge el corazón. Debo gemir sin querer, porque todos levantan la cabeza y me miran. La mano que hay en la mía se vuelve más firme, giro la cabeza hacia la izquierda y descubro a mi alma gemela, con ojeras.

— Liam.

— Eh.

Hablar es más difícil de lo que parece.

— ¿Cuánto tiempo he tardado?

— Dos días.

¿Dos días? Considerando mis lesiones, no es tanto tiempo. Es incluso sorprendente que mi lobo haya resistido tanto tiempo.

— Te hemos un poco de sangre fatel para ayudarte.

Odio esa idea. Blood ya había sufrido bastante. La han considerado una bolsa de sangre toda su vida. Lamento haberla obligado a tomar esta decisión.

— Siento que hayas...

— No es la mía. No habría dudado en darte, pero estaba demasiado herida.

— Entonces, ¿a quién tengo que darle las gracias?

Hay donde elegir.

— Lili.

La sola mención de su nombre basta para visualizar mis últimos momentos con ella. Veo a Owen irreconocible, veo el dolor de quien había prometido amar como a mi hija, y me veo dándole la espalda para marcharme.

— Se siente muy culpable, Liam. Es única, como le dijiste.

Sé que soy injusto, pero necesito tiempo.

— ¿Liam?

— Hola, Sam. ¿Ti también me has echado una mano?

Niega con la cabeza.

— No. Hemos llegado esta mañana con Nate. Estábamos a cargo de la manada donde creció.

La manada que lo golpeó hasta casi matarlo por haberse negado a morder un fatel. Él también necesitaba pasar esa página de su pasado.

— La situación ha tardado en estabilizarse. Tenían a un fatel preso y era muy inestable.

— Lo entiendo. No pasa nada.

— Liam, no he venido a cogerte de la mano ni a compadecerme de ti. He venido a quitarle los poderes a una niña perturbada que no puede controlarse.

Sam siempre ha sido directa. No se puede contar con ella para hablar con tacto, y parece que no ha terminado.

— Lili te considera un modelo a seguir y el padre que siempre quiso tener. Pero es híbrida. Es metamorfa y fatel. A diferencia de los fatels de sangre pura, no tiene un solo poder. Tiene varios. La mezcla de sangres ha activado todo su potencial. Es única, tiene miedo y cree que te ha perdido. Se ha vuelto peligrosa porque se deja llevar por sus emociones.

— Lo entiendes.

— Sí, la entiendo. Y no seas gilipollas, que no te pega.

Nate intenta calmarla, en vano.

— No, tiene que reaccionar. Owen está muerto y todos estamos tristes. Nos metimos en una guerra y la ganamos. Hemos salvado a muchos fatels y liberado a muchos metamorfos que estaban obligados a servir a los disidentes contra su voluntad. Pero, como en toda guerra, ha habido pérdidas. Owen no es el único que ha perdido la vida. Todos habíamos aceptado este sacrificio, y él, el primero. Quería que tuvieras la suerte de vivir feliz con tu compañera. ¿Sabes lo que dijo cuando nos enteramos de que Blood tenía una hija?

Soy incapaz de responderle. Mi tráquea está completamente bloqueada. Ni siquiera puedo salivar.

— Dijo que habías encontrado a tu familia y que estarías dispuesto a aceptar cualquier cosa por tenerlas a tu lado. Nunca dudó de ti. Sabía que eras lo bastante fuerte para aceptar a una niña que no era de tu sangre. Quería que vivieras ese amor por los dos.

Todos mis amigos tienen lágrimas en los ojos. Ellos también han perdido a Owen. Sin embargo, ninguno de ellos culpa a Lili. ¿Por qué iban a culparla?

— Fui yo quien enseñó a Lili a pelear. Quería que pudiera defenderse si era necesario. Es culpa mía que Owen esté muerto.

Blood me estrecha contra ella y calmo mis sollozos embriagándome con su olor.

— No es culpa de nadie Lili actuó por instinto, y tú solo la enseñaste a mantenerse con vida.

Tardo un momento en admitir esta situación. Sin embargo, mis lamentos no cambiarán nada. Tengo que seguir adelante. Ya es hora.

— Vámonos a casa.

Creo que me va a dar un ataque si no tengo noticias de mi mujer pronto. Me hubiera gustado quedarme con ella, pero Lili estaba demasiado excitada. Me necesitaba para canalizar su exceso de impaciencia. Y ya tiene ocho años. Tiene una fuerza de carácter que hace que todos los Ángeles Guardianes la respeten. Hace enormes esfuerzos para dominar sus dones con precisión Es el híbrido más mayor de la manada. Es la única que ha conocido el horror del cautiverio y la guerra. Han pasado dos años desde que el pueblo fatel resurgió de sus cenizas. Cada día es un nuevo reto en la alianza que ahora une a humanos, metamorfos y fatels. Los híbridos, por sus extraordinarios poderes, son intocables. Por desgracia, también infunden miedo a muchas personas. Hace dos años traje a mis dos mujeres a mi casa, a mi territorio, y estamos construyendo nuestra familia juntos. Y hoy es la última concreción de nuestro amor. Salgo de mis pensamientos cuando Ashley y Sevana hacen su aparición.

— Enhorabuena, Liam, eres otra vez papá.

Lili salta a mi alrededor.

— Ven, papá, quiero ver al bebé. ¡Venga, date prisa!

Las chicas se ríen de la impaciencia de Lili. ¿O es por otra cosa? Se miran y se ríen, probablemente comunicándose con el pensamiento. No importa, mi esposa me está esperando.

— Nos vamos. Vamos con nuestros hombres y nuestros pequeños.

El hijo de Sevana tiene 14 meses, y la hija de Ashley, apenas 10. Sé lo difícil que es para las madres jóvenes dejar a sus hijos lejos de ella.

Entro en la habitación donde descansa Blood en silencio para no despertar a mi hija o mi hijo. Queríamos tener la sorpresa. Estoy deseando saberlo. Salvo que me detengo en seco al borde de la cama cuando veo los dos brazos de mi mujer ocupados.

— Hola.

— Hola, cariño. ¿No tienes algo que decirme?

Me dedica la sonrisa más deslumbrante que he visto nunca.

— Liam, Lili, os presento a Maddy, a la derecha, y Owen, a la izquierda.

Me caigo de rodillas. Ahora, mi vida es realmente perfecta.